Daniel Kunz/Detlev Freigang

Was geht?

Daniel Kunz / Detlev Freigang

Was geht?

Ein Buch nur für Jungs

Kösel

Unser Kopf ist rund,
damit das Denken die Richtung ändern kann.

Francis Picabia

ISBN 3-466-30582-9

Druck und Bindung: Kösel, Kempten
Visuelles Konzept und Umschlaggestaltung: KOSCH Werbeagentur, München
Umschlagmotiv: Hans Deumling, München
Illustrationen: © Achterbahn AG, Comic Strips aus: © TOM Touché

Gedruckt auf umweltfreundlich hergestelltem Werkdruckpapier (säurefrei und chlorfrei gebleicht)

inhalt

vorwort

»Probleme sind Situationen, die nicht einfach zu lösen sind.«

Elf Jungen in diesem Buch spielen Fußball. Wo gibt es das nicht? Auf dem Land, in kleineren Gemeinden und in Großstädten. Natürlich könnte es auch eine andere Sportart sein, die in Mannschaften gespielt wird: Eishockey, Handball oder Basketball.

In *Was geht?* kannst du elf Geschichten von elf Jungs lesen. Sie erleben Herausforderungen – erste Liebe, Drogen, Beziehung, Eltern – die einem zwischen 13 und 18, aber auch noch später so begegnen können. Manchmal finden die Jungs eine Lösung, manchmal auch nicht. Im zweiten Teil jedes Kapitels haben wir versucht, das aufzuschreiben, was für eine Lösung des betreffenden Problems vielleicht nützlich sein kann. Fertige Lösungen gibt es in diesem Buch keine. Aber du kannst Ideen für den Alltag finden, mit denen du dir selber helfen kannst. Auch wenn viele Situationen einander gleichen: Es gibt keine »Patentlösungen«, die für jeden funktionieren.

Vorschläge und Ideen für schwierige Situationen, aber keine fertigen Lösungen.

Manchmal gibt es aber auch Situationen, die kaum auszuhalten sind – z.B. Schläge zu Hause, Eltern mit Suchtproblemen, sexuelle Gewalt etc. – und erst mal ist keine Lösung weit und breit in Sicht. Macht man sich aber auf den Weg, stellt man fest, dass es Leute gibt, die einem helfen können. Sie haben Verständnis für die Situation und machen einem keine Vorwürfe. Vielleicht, weil sie das entsprechende Problem aus ihrem eigenen Leben kennen, vielleicht, weil sie wissen, dass du nicht der Einzige bist, der in dieser oder einer vergleichbaren Situation steckt, und auf jeden Fall, weil sie Spezialisten sind, die Menschen in Problemsituationen beraten!

Im letzten Kapitel kommen die Mädchen zu Wort.
Am Ende des Buches findest du noch etwas über Beratung im Allgemeinen, Hinweise zu Beratungsangeboten und eine Leseliste.
Und nicht vergessen:

Unser Kopf ist rund, damit das Denken die Richtung ändern kann!

Viel Spaß beim Lesen.

Detlev Freigang
Daniel Kunz

1 dabei sein ist alles!

Oh Mist! Warum ging diese blöde Hose jetzt nicht zu? Marc versuchte verzweifelt, den Hosenknopf und das dazugehörige Knopfloch übereinander zu bringen. Er verstand die Welt nicht mehr. Dabei hatte er sich in den letzten Wochen so angestrengt: keine Burger, immer Fahrrad und beim Training nichts auslassen. Wieso passte diese blöde Hose nicht?
Jetzt war es auch schon Viertel vor! Also, ganzes Kommando rückwärts und die alten Jeans angezogen. Sonst kam er nämlich zu spät.
Er schwang sich aufs Fahrrad und trat in die Pedale. Wenn er sich ranhielt, schaffte er es noch pünktlich.
»Na, Moppel, wieder zu lange am Kiosk Pause gemacht?« Olaf war doch echt ein Idiot. Marc hasste es, wenn sie diesen Spitznamen benutzten. Dabei strengte er sich so sehr an, wenigstens nicht weiter zuzunehmen.
»Und, bleibt's bei heute Abend?« Mist! Hatte er ja völlig vergessen. Heute Abend traf sich die Clique an der Siegfriedstraße. Von da kam man leicht auf die Gleise der S-Bahn. Martin hatte vorgestern nicht weit davon eine Stelle entdeckt, die laut und deutlich danach verlangte, mit ein paar Kunstwerken aus der Spraydose verschönert zu werden. Hätte er doch letzte Woche bloß die Klappe gehalten. Aber er wollte so gerne dazugehören. Klar, malen konnte er schon. Auch mit so einer Farbbüchse. Aber alle zehn Minuten rauschte eine S-Bahn mit mindestens achtzig Sachen an einem vorbei und bevor einen die Lichter erfassten, sollte man sich besser in eine dunkle Ecke verdrücken. Wenn sie einen erwischten, wurde das nämlich teuer. Marc spürte, wie sich unbändige Lust auf einen Schokorie-

Marc will dazugehören und von der Clique akzeptiert werden.

gel in seinem Inneren meldete. Das konnte ja nur toll werden, wenn der Stress ihn jetzt schon fest im Griff hatte!
»Was ist jetzt. Haste Schiss, oder was?« Mist, er hatte wohl einen Moment zu lange mit der Antwort gezögert.
»Nö. Wann treffen wir uns noch mal?«
»Um halb acht, Siegfriedstraße. An der Brücke über den Gleisen.«
Was war das eigentlich für ein dämliches Spiel? Konnte er nicht auch so unter Beweis stellen, was er für'n cooler Typ war?! Angst hatte er nicht, echt nicht. Aber dieser Stress war echt nicht sein Ding. Und wenn die anderen dann auch noch glotzten!
»Also, dann bis heute Abend!«
In dem Moment hatte Marc einen Geistesblitz, eine richtig klasse Idee.

Halb acht, Siegfriedstraße. Die Gang sammelte sich so nach und nach. Marc kam ein bisschen später, er wollte unbedingt der Letzte sein. Sie begrüßten sich ohne viel Worte. Als alle da waren, konnte es losgehen. Sie sicherten sich nach beiden Seiten und nach der Straße, dann kletterten sie über den Zaun und waren schon auf der schmalen Treppe, die nach unten zu den Gleisen führte. Marc hatte ziemlich Mühe, über die Absperrung zu kommen. Die anderen standen blöd rum und kicherten. Als alle drüben waren, ging's die Treppe im Schatten der Brücke runter.
»Ey, wartet mal ...« Die Jungs guckten nicht schlecht. Auf die Betonmauer, an der die Treppe in die Tiefe führte, war eine Hand gemalt. Nur mit Schwarz, in Umrissen und ziemlich cool gezeichnet. Der ausgestreckte Zeigefinger wies in die Tiefe. War schon wer zum Sprayen hier gewesen? Mist! Lohnte sich das Ganze dann überhaupt noch? Aber erst mal gucken. Notfalls

konnte man ja was übermalen. Ein paar Meter weiter stand ein gemalter Knirps auf der Wand. Mit weiten Hosen und der Mütze tief im Gesicht. Auch wieder nur in Schwarz und als Umrisszeichnung. Eine Kopfbewegung nach unten war mit wenigen Strichen angedeutet. In einer Sprechblase stand: »Da lang, Alter ...« Es war wirklich schon irgendwer hier gewesen. Aber malen konnte der Typ, das musste man ihm lassen.

Die Jungs waren am Ende der Stufen angelangt. Hier hörten auch die Büsche auf, die sie bisher geschützt hatten. Eine S-Bahn rauschte vorbei. Sie drückten sich an die Betonwand der Brücke. Jetzt hatten sie ein paar Minuten Zeit; also nichts wie raus!

Sie sprangen auf das Schotterbett der Gleise und machten eine Drehung nach rechts. Was sie auf der Wand vor ihnen sahen, verschlug ihnen die Sprache. Derselbe Zeichner, der schon seine Spuren an der Treppe hinterlassen hatte, hatte die Wand großflächig mit Karikaturen von ihnen allen voll gesprüht. Nur die Gesichter, nur mit Schwarz und nur als Umrisse. Aber man erkannte sie alle. Die Dinger waren unglaublich! Über den sieben Köpfen standen fünf Worte, groß und deutlich zu lesen:

NIMM MICH, WIE ICH BIN!

Michael kapierte als Erster, was abging. Er drehte sich zu Marc um, der von einem Ohr zum anderen grinste. Sie guckten sich in die Augen, Michael nickte anerkennend mit dem Kopf und sagte nur ein einziges Wort: »Fett!«

»nimm mich, wie ich bin!«

freunde, selbstbewusstsein

Für die meisten Jungen spielen Freunde in ihrem Leben eine große Rolle. Sie sind ein wichtiger Teil ihres Lebens. Viele Jungs wollen unbedingt zu einer Gruppe, einer Gang oder Clique gehören. Sie wissen, dass sie mit anderen zusammen stärker sind als alleine. Sie können sich in der Gruppe besser gegen andere durchsetzen und wissen, wo sie sich Unterstützung holen können, wenn sie doch mal Schwierigkeiten mit anderen kriegen sollten. Aus der Sicht der Erwachsenen könnte man sagen, dass die Zugehörigkeit zu einer Gruppe das *Selbstbewusstsein* stärkt. Die Zugehörigkeit zu einer Gruppe macht den Einzelnen mutiger. Das kann toll sein.

In der Pubertät sehen Jungen sich selbst oft ungefähr so: »Ich weiß nicht, wer ich bin.« In dieser Situation kann die Gruppe Geborgenheit und Verständnis geben, die man zu Hause nicht hat oder auch nicht haben will, weil man seinen Wert selbst austesten möchte. Bei Jungen, die aus einer gewalttätigen und/oder chaotischen Familie kommen, kann ihre Gruppe, ihre Gang, zu einem echten Familienersatz werden. Seitdem sie sich kennen, machen sie alles gemeinsam – sie tauschen untereinander Klamotten, sie teilen ihr Geld und haben manchmal sogar Vorstellungen von einer gemeinsamen Zukunft, sei es, dass sie eine Internetfirma gründen oder einfach zusammen abhauen.

Die Zugehörigkeit zu einer Gruppe kann aber auch ätzend sein. Vor allem, wenn man sich nicht daraus lösen kann, um sich neue Freunde zu suchen. Die Gründe dafür, warum einem eine Gruppe stinkt, können vielfältig sein. Sei es, dass der oder die »Anführer«, also die, die sagen, wo es langgeht, die anderen nur als ihre »Angestellten« oder noch Schlimmeres betrachten, sei es, dass der übliche

Blödsinn in der Gruppe aus Langeweile, um zu einem besonderen »Kick« zu kommen, plötzlich Formen annimmt, mit denen man nicht mehr einverstanden ist – aber mitmachen muss man wohl, weil man sonst nämlich ganz schnell draußen ist. Und wer will das schon.

Manchmal kann es genauso schwer sein, aus einer Clique rauszukommen, wie in eine reinzukommen.

Das ist nämlich die andere Seite: Wie kommt man überhaupt in eine Gruppe rein?

Manchmal hat man Glück. Dann »rutscht« man irgendwie in eine Clique, weil man schon seit langem immer mit den gleichen Leuten abhängt. Oder die Gruppe wird durch irgendwas auf einen aufmerksam, weil man ein cooles Hobby hat, gut zeichnen kann oder vielleicht etwas mehr Kohle hat als der Rest. Meistens ist es aber so, dass man aus anderen Gründen für eine Gruppe interessant wird: wegen dem, was man sagt oder tut, also aufgrund der eigenen *Persönlichkeit*. Das ist vielleicht die beste Art, andere Leute kennen zu lernen. Freundschaften, die aufgrund von persönlichen Interessen und ähnlichen Zielen entstehen, halten oft sehr lang.

Ob eine Gruppe einem gut tut oder nicht, ist manchmal schwer zu entscheiden; gerade Eltern sind schnell mal dabei, einem zu verklickern, dass sie die Jungs von der Clique für keinen guten »Umgang« halten, oder sie verbieten sie einem sogar. Dann müssen die Freunde dafür herhalten, dass man in der Schule »plötzlich« nur noch Dreier und Vierer schreibt, obwohl die Gründe vielleicht ganz woanders liegen. Um für sich selbst rauszukriegen, ob eine Gruppe wirklich einen guten Umgang untereinander hat oder nicht, ist es wichtig, hinzugucken und aufmerksam darauf zu sein, wie die Kumpel miteinander umgehen.

Marc aus unserer Geschichte war immer »der Dicke«. Seine besonderen Talente, also seine Begabung fürs Taken und seinen Mut konnte er überhaupt nicht zeigen. Für ihn war die Mutprobe deswegen eine gute Möglichkeit, sich mal von einer anderen Seite zu präsentieren und die anderen zu überraschen. Er hat sich dafür ein Ziel gesteckt, das er auch erreichen konnte. Dabei hat er Glück gehabt, dass ihm der Einfall kam, seinen Kumpeln zuvorzukommen und sie vor ein fertiges Werk zu stellen. Meistens ist es nicht so einfach.

Manchmal ist es schwierig, im Kontakt mit anderen seine eigenen Grenzen zu erkennen und einzuhalten. Bei der Suche nach den »richtigen« Freunden können folgende Fragen nützlich sein, die man sich immer mal wieder stellen sollte, wenn man das Gefühl hat, dass irgendetwas nicht so läuft, wie man sich das vorgestellt hat:

- Bin ich akzeptiert, so, wie ich bin, oder muss ich so sein, wie die anderen mich haben wollen?
- Muss ich mich vor den anderen fürchten?
- Habe ich das Recht, auch mal »Nein« zu sagen?
- Darf ich Fehler machen?
- Zählen bei Mutproben meine *eigenen Grenzen* oder muss ich jedes Risiko eingehen, um den anderen zu gefallen?
- Darf ich auch eine andere Meinung haben?

2 die familie leidet und schweigt

»Geht es euch auch manchmal so mies, dass ihr am liebsten alles hinschmeißen und aus dem Fenster springen könntet?« Tim starrte auf den Bildschirm – was *blue-soul* da ins Chatforum gestellt hatte, sprach ihm aus der Seele. Wenigstens im Internet traf er Leute, für die nicht alles Sonnenschein war. Mit denen konnte er über seine Probleme reden. Klar, die Jungs vom Fußballverein waren schon in Ordnung, sie respektierten ihn als ihren besten Stürmer und so, aber für die war alles simpel. Die hatten eine richtige Familie, waren gut in der Schule und ihr größtes Problem war, ob die neuen Schuhe zur Hose vom letzten Sommer passten. Mit denen konnte er über seine Probleme nicht reden. War ja auch echt peinlich.

Über seine Mutter hatte er den Jungs erzählt, sie sei tot; an Krebs gestorben vor ein paar Jahren. Er konnte ihnen ja wohl schlecht die Wahrheit erzählen: dass sie die Familie vor fünf Jahren verlassen hatte und jetzt mit irgend so einem reichen Macker auf Mallorca in 'ner Villa wohnte. Ein- oder zweimal im Jahr kam sie zu Besuch. Aber diese braun gebrannte Frau mit Sonnenbrille, die dann mit ihm, seiner Schwester und seinem kleinen Bruder durch die Stadt rannte und ihnen alles kaufte, was nicht niet- und nagelfest war, das war doch nicht seine Mutter!

Papa hatte sich in den fünf Jahren auch verändert. Und das war schlimmer, weil sie jeden Tag mit ihm lebten. Meistens bemühte er sich ja wirklich. Er ging regelmäßig zur Arbeit und versuchte alles, damit ihr Leben einigermaßen funktionierte. Aber manchmal trank er und dann war er echt unangenehm. Nicht nur, dass er erst mitten in der Nacht nach Hause kam, er war dann auch

Tim versucht seine Geschwister vor der Gewalt seines Vaters zu schützen.

so laut, dass die beiden Kleinen garantiert aufwachten. Am schlimmsten aber war, dass er in diesem Zustand total aggressiv war. Der geringste Anlass reichte und er prügelte sie alle windelweich. Tim versuchte dann meist, seinen Vater wenigstens von den Kleinen abzuhalten. Meistens gelang ihm das auch. Zum Glück passierte das in unregelmäßigen Abständen. Aber man konnte sich darauf nicht vorbereiten. Sein kleiner Bruder hatte die erste Zeit nicht geglaubt, dass die große, schreiende Gestalt, die alle sechs bis acht Wochen ihr Zuhause heimsuchte, sein Papa war. Tim hatte seinen kleinen Bruder darin bestärkt. Ihm erzählt, dass das ein Monster sei und er, der Kleine, sich verstecken müsste, wenn es käme. Er, der Große, würde mit dem Monster kämpfen und dafür sorgen, dass ihm nichts passierte. Aber leider werden kleine Geschwister älter und kapieren irgendwann die Wahrheit. Seitdem hatte der Kleine Angst vor Papa.

Was 'ne tolle Familie: eine Mutter, die mit ihrem Liebhaber in den warmen Süden abrauscht, und ein Vater, vor dem man Angst haben muss!

Na ja, zumindest kriegte Tim das ganz gut hin, dass der Laden weiterlief. Klar hatte er versucht, mit seinem Vater über ihre Probleme zu reden. Aber das gab nur Streit. Papa spielte sich dann als der große Macker auf, der alles alleine regelte und sich von seinem Sohn nicht das Feierabendbier versauen ließ. Feierabendbier! Als wenn es darum ginge!

Mit so einer »Familie« konnte man sich doch nur schämen, oder?! Ganz am Anfang, als Mama gerade abgehauen war, hatte er gedacht, er sei schuld. Er wäre einfach nicht brav genug und gut genug in der Schule gewesen und darum hätte ihre Mutter sie alle verlassen. Da war Papa echt toll gewesen. Er hatte nur mit seinem Großen – die beiden Kleinen waren bei Oma geblieben

– einen tollen Ausflug an einen See gemacht. Papa hatte ein Ruderboot gemietet und sie waren auf dem See herumgefahren. Später hatten sie am Ufer Würstchen über einem Lagerfeuer gegrillt. Und Papa hatte mit ihm über alles gesprochen. Er hatte versucht zu erklären, warum Mama weg war und dass ihn, seine Schwester und seinen kleinen Bruder daran keine Schuld traf. Tim hatte geheult und Papa hatte ihn getröstet.
In letzter Zeit fiel es ihm aber immer schwerer, in dem besoffenen, um sich prügelnden Vater, der alle paar Wochen ihr Zuhause stürmte, dieselbe Person von damals wiederzuerkennen.
Und dann musste er sich sagen lassen, wann er zu Hause sein musste, dass er wieder mal nicht genug gelernt hatte und ein Vorbild für die beiden Kleinen sein sollte! Ob andere Eltern auch so waren, dass sie von ihren Kindern verlangten, besser zu sein, als sie selbst es waren?! Warum musste er ein Vorbild sein, wo seine Eltern doch auch keine Vorbilder waren? Sein Vater hatte bei solchen Auseinandersetzungen ohnehin immer das letzte Wort: »Solange du deine Füße unter meinen Tisch stellst ...!« Dabei könnte alles so viel einfacher sein, wenn Papa mit sich reden ließe, statt zwischen seinen Sauftouren und seinem »Ich-bin-das-Familienoberhaupt«-Getue hin und her zu schwanken. Schließlich litten sie doch alle darunter.

Wenn Tim versucht, mit seinem Vater zu reden, gibt es meistens Zoff.

Er hatte mal gelesen, dass das Jugendamt in solchen Fällen Hilfe anbot. Aber Tim hatte große Angst, dass der Rest seiner Familie dann auch noch auseinander gerissen werden könnte.
Ja, manchmal war ihm echt auch so, dass er am liebsten alles hingeschmissen hätte.

»solange du die füße unter meinem tisch hast ...«

schwierigkeiten, hilfsangebote

Schwierige Familienverhältnisse gibt es häufiger, als man von außen meint. Manchmal sind die Probleme ganz versteckt oder werden so alltäglich in der Familie, dass sie gar nicht mehr als Probleme wahrgenommen werden, wie beispielsweise bei Tims Vater, der nicht über die Trennung von Tims Mutter hinwegkommt. Unter Umständen sind sie aber auch so massiv, dass die Probleme und ihre Auswirkungen sogar für Außenstehende auf den ersten Blick auffällig werden, z.B. bei extremer Armut (Schulden!) oder häuslicher Gewalt in Form von Schlägen. Probleme sind in jedem Fall Situationen im Leben, die nicht einfach zu lösen sind.
Manchmal entwickeln Kinder Schuldgefühle bei der Scheidung ihrer Eltern. Was sich dabei vor ihren Augen abspielt – die Trennung der zwei wichtigsten Menschen, die sie haben –, bleibt für sie unverständlich. Daher ist es wichtig, dass Kinder und Eltern miteinander reden. Sonst kann es passieren, dass die Kinder glauben, sie seien schuld an der Scheidung.

Kinder und Jugendliche können aber nie und nimmer Verantwortung für das Verhalten von Erwachsenen übernehmen!

Ganz egal jedoch, welche Formen die Probleme innerhalb einer Familie haben, selten werden diese an Dritte, also an Menschen, die nicht zur Familie gehören, herangetragen. Obwohl viele staatliche Stellen und private Organisationen ein breites Angebot verschiedenster Hilfestellungen anbieten, scheint es so zu sein, dass die meisten Familien lie-

ber Situationen aushalten, die bis zur Bedrohung des Lebens einzelner Mitglieder reichen können, als Hilfe von außen anzunehmen.
Das liegt an einem Gefühl, das man »Loyalität« nennt. Es bedeutet, in jeder Lage zusammenzuhalten, auch, wenn die Lage eigentlich unerträglich ist. Loyalität hat viel mit dem Begriff »Ehre« gemeinsam. Viele Menschen empfinden es als Angriff auf ihre Ehre, wenn sie ihr Leben nicht mehr alleine in den Griff kriegen und Hilfe in Anspruch nehmen müssen. Wenn von einer solchen Situation eine ganze Familie betroffen wird, verstärkt sich dieses Gefühl des Versagens oft. Aus Scham schweigen die Betroffenen dann lieber und leiden weiter.
In den allermeisten Kulturen gilt die Familie immer noch als »heilig«. Viele Menschen haben eine romantisch verklärte Vorstellung von Ehe und Familie, die diese beiden Einrichtungen als Ort des absolut Guten und Beschützten begreift. In dieser Vorstellungswelt ist das Auftreten von familiären Problemen gleichbedeutend mit dem eigenen Versagen; als Vater, als Mutter, als Mensch überhaupt. Daher tun viele Familien alles, um die schöne Fassade von häuslicher Harmonie so lange als irgend möglich aufrechtzuerhalten. In aller Regel verschlimmern sie dadurch ihre Situation nur noch. Manchmal über Jahre und Jahrzehnte!
Obwohl Tim beispielsweise zusammen mit seinen Geschwistern unter dem Verhalten des Vaters leidet, lieben die Kinder ihn so sehr, dass sie ihn nicht bloßstellen wollen, indem sie sich an das Jugendamt wenden.

- Nach einem neuen Gesetz haben Kinder ein *Recht* auf gewaltfreie Erziehung.
- Wenn Gewalt zum normalen Erziehungsmittel wird, dann erhalten die Eltern/Erziehungsberechtigten keine Strafe, sondern die Familie kann Hilfe in Anspruch nehmen.
- Jugendamt und Erziehungs- und Familienberatungsstellen unternehmen in der Regel nichts gegen den Willen der Familie. Familie sind dabei nicht nur die Eltern, sondern alle!

Was passiert bei so einer Beratung? Als Erstes ist mal wichtig, dass es keine »Patentlösungen« gibt, also solche, die man einfach aus der Schublade ziehen könnte und die für alle funktionieren. Die Beraterin bzw. der Berater versucht, eine individuelle, auf die Bedürfnisse der gesamten Familie zugeschnittene Lösung für das Problem oder die Probleme zu finden.

Wenn Kinder und Jugendliche »Probleme machen«, steckt oft etwas anderes dahinter.

Gemeinsam wird versucht herauszufinden, *wer* in der Familie eigentlich Hilfe braucht. Oft sind das nämlich nicht die auffälligen Kinder, die der Auslöser für den Kontakt mit der »Hilfe von außen« sind. Denn dieses auffällige Verhalten (Schulversagen, Essstörungen, Drogenkonsum etc.) ist häufig nur ein Merkmal dafür, dass etwas in den Beziehungen der Familienmitglieder untereinander nicht stimmt.

Gemeinsam wird nach einer optimalen Hilfestellung für die Familie gesucht. Meistens wird an positive Erfahrungen der Familie im Umgang miteinander angeknüpft – und die hat fast jede Familie, auch wenn es aufgrund der aktuellen Probleme schwierig ist, sie zu sehen.

Der Umfang und die Art und Weise der Hilfeleistung werden von der Familie bestimmt, es gibt unterschiedliche Möglichkeiten:

TOUCHÉ
by ©TOM
HUSCHKE, HUSCHKE... IN EINEM DEINER, WENN AUCH SEHR UNWAHRSCHEIN-LICHEN, LICHTEN MOMENTE...
... SOLLTEST DU DIR EINMAL ERNSTHAFT DURCH DEN KOPF GEHEN LASSEN, ...
... WAS DEINE ELTERN WOHL ZU EINEM BLAUEN BRIEF VON MIR SAGEN WÜRDEN!
„UH - SICHER FINANZAMT! - GLEICH IN' MÜLL ..."

- Erziehungshilfe (Nachhilfe, Einzelbetreuer etc.)
- Alltagshilfen (Familienbetreuer, Pflegefamilie, Jugend-WG oder Heimplatz etc.)
- Finanzielle Unterstützungen (Ausbildungsbeihilfen, Wohngeld, Sozialhilfe etc.)

Es kann sehr schmerzhaft für alle Beteiligten sein, über familiäre Probleme mit Fremden zu sprechen und für die Lösung auf deren Hilfe angewiesen zu sein. Aber je länger die Familie in der schwierigen Situation ausharrt, um nach außen intakt und glücklich zu wirken, desto schwieriger wird es meist, einen Ausweg zu finden, der für alle o.k. ist.

3 der weg zu zweit ist halb so weit ...

»Also, ihr bildet jetzt Zweierteams, nehmt euch 'nen Ball und lauft von der Mittellinie aufs Tor zu. Unterwegs spielt ihr euch den Ball zu, so oft ihr könnt. Ihr sollt über den Kontakt mit dem Partner abmachen, wer das Tor schießt; aber ohne Worte!« Der Coach war wieder mal in seinem Element.
Stefan schnappte sich den Ball und machte ein Team mit Manuel.
»Und los!«
»Nicht so lahm!« Der Coach hatte heute ja wieder 'ne klasse Laune ...
Stefan warf Manuel kurz einen Blick zu, der sollte jetzt mal das Tor machen. Manuel war aber wieder nur mit sich beschäftigt.
»Ja toll, dann schieß ich halt ...«, irgendwie drauf und – Bingo! – war das Tor versägt und das Leder landete sonstwo.
»Mann, Mann, Mann! Jungs was habt ihr denn heute wieder?! Wenn ihr keinen Bock habt, dann bleibt doch zu Hause!!!« Der Coach tobte.
Bei den anderen lief es nicht besser. Der Coach brach die Übung ab und versammelte die Mannschaft um sich.
»Hört mal, Jungs ...«, wenn der Alte schon so loslegte, konnte man sich ausrechnen, was kam, »ein gutes Zu- und Abspiel ist die Grundlage jeder Taktik. Wenn ihr das nicht rafft, könnt ihr die Bezirksliga gleich vergessen! Ihr seid ein *Team*! Wenn ich sehe, wie das bei euch läuft, wenn ihr nur zu zweit seit, ist mir klar, warum das auch innerhalb der ganzen Mannschaft nicht klappt. Manuel hat uns vorhin wieder mal super demonstriert, wie toll er den Ball von A nach B kriegt.

Aber hast du eigentlich bemerkt, dass Stefan versucht hat, mit dir Kontakt aufzunehmen, weil du ein Tor schießen solltest???«

Was, der Alte hatte tatsächlich gemerkt, dass er, Stefan, sich zumindest bemüht hatte? Unglaublich!

»So, jetzt machen wir das Ganze noch mal. So lange, bis ihr's kapiert.«

Komisch, irgendwie erinnerte Stefan diese blöde Übung an Melanie, mit der klappte das irgendwie auch nie so richtig.

Stefans Beine machten die Übung mechanisch weiter.

Klar hatte er sie gerne und süß war sie ja auch, aber manchmal, da hatte er einfach das Gefühl, dass sie zwei vollkommen verschiedene Sprachen redeten. Zum Beispiel ...

»Sag mal, Stefan, hast du denn Tomaten auf'n Augen?!!« Stefan zuckte zusammen. Wenn der Coach so brüllte, war echt Alarmstufe Rot. »Du hast es doch vorhin kapiert!!!«

Als Stefan und Melanie sich letzte Woche gestritten hatten, wusste er gar nicht, warum eigentlich.

Letzte Woche beispielsweise, da hatte sie ihn eingeladen und für ihn gekocht. Sie hatte da einen Riesenaufriss drum veranstaltet, fand das total wichtig, hatte den Tisch gedeckt, mit Servietten und Kerzen. Und dann gab es irgendeine Suppe. Seine Mutter machte so einen Aufstand wenigstens für einen Braten oder ein Huhn. Die Suppe war irgendwie undefinierbar und allerhand seltsame Sachen schwammen darin rum. Auch so was Grünes, das er nicht kannte. Also hatte er Melanie gefragt, was das sei. Daraufhin war sie total ausgeflippt, hatte ihn beschimpft und angeschrien, wenn ihm die Suppe nicht schmecken würde, dann solle er doch mit seinen Freunden zum Imbiss um die Ecke gehen. Den halb leeren Teller hatte sie ihm weggenommen und alles in den Ausguss geschüttet. Dann hatten sie sich noch kurz gefetzt. Schließlich hatte er seine Jacke geschnappt und war tatsächlich mit seinen Kumpels zum Döner an der Ecke gegangen. Kapiert hatte er das Ganze bis heute nicht; wahrscheinlich hatte sie wieder ihre Tage oder so.

»Jetzt reicht mir's aber!!!« Der Coach war echt nicht mehr zu bremsen. War dumm gelaufen, Stefan hatte wieder nicht hingeguckt und so verkullerte der Ball sich irgendwo im Grünen.

»So werdet ihr nie Tore schießen, nie!!!« Der war echt geladen, da sagte man besser nix. Stefan und Manuel stellten sich wieder hinten an.

»Es ist ja toll, dass ihr alle so super den Ball führen könnt, vielleicht könnt ihr ja jetzt auch mal von euren Beinen aufschauen und mit dem Teampartner in Augenkontakt treten. Oder habt ihr Angst, dass eure Mädels dann eifersüchtig werden?«

Na toll, noch so ein Thema. Wenn er das nächste Mal mit Melanie in die Stadt ging, würde er sich eine Papiertüte über den Kopf ziehen und die ganze Zeit nur auf die Erde gucken. Ach ja: gucken! Er hob den Kopf, kurzer Blick mit Manuel, der guckte auch, Ballabgabe und zack! Drin, das Leder! »Hervorragend! Gleich noch mal!« Der Coach war aus dem Häuschen.

Wo war er vorher? Richtig: Papiertüte. Wehe, wenn er mal eine andere auch nur anschaute. Und vor zwei Wochen hatte er dann auch noch den blöden Fehler gemacht, Melanie auf das tolle Top von dieser Blonden im Supermarkt aufmerksam zu machen. Dabei hatte er das ernst gemeint, dass ihr das auch stehen würde. Die Szene, die sie ihm daraufhin gemacht hatte, war genug gewesen, das brauchte er so schnell nicht wieder. Er hatte echt nicht verstanden, warum sie da so einen Affentanz hinlegte. Also hatte er sie gefragt. Und was war die Antwort gewesen? »Na, wenn du das nicht selber weißt!« Was war denn das für eine Antwort: Na, wenn

du das nicht selber weißt! Nee, wusste er nicht, darum fragte er ja. Manchmal wurde er echt das Gefühl nicht los, dass seine Freundin eine Außerirdische war!
»Brauchst du jetzt 'ne Einladung, oder was?!« Stefan hatte wieder geträumt. Er lief los und nahm öfter Blickkontakt mit Manuel auf. Kurz vorm Tor, ein schneller Blick, klar, dass er, Stefan, jetzt dran war. Er hielt drauf, aber Karsten im Tor war schneller und kriegte das Leder zu fassen. Mist!
»Das war echt gut! Seht ihr, der Weg zu zweit ist halb so weit!« Der Coach strahlte wie ein Honigkuchenpferd. Superweisheit: Der Weg zu zweit ist halb so weit. Den hatte ihm bestimmt seine Alte gesteckt, die im Gemeindehaus immer diese komischen Yogakurse anbot. Letztens hatte sie so einen Aushang gemacht für ein »Wochenende für junge Paare« und Melanie hatte sie beide allen Ernstes da angemeldet. Frauen! Zum Glück hatte er das gleich blocken können, weil sie an dem Wochenende ein Spiel außerhalb hatten. So weit kam das noch, dass er da mit ihr ihre Probleme vor lauter anderen ausbreitete!
Stefan fragte sich, wie seine Großeltern das wohl angestellt hatten; Oma und Opa waren über fünfzig Jahre miteinander verheiratet gewesen, bevor Opa letztes Jahr gestorben war. Er konnte sich nicht erinnern, dass er die beiden jemals hätte heftig miteinander streiten sehen. Bei seinen Eltern dagegen war das schon ein Dauerzustand. Die schrien sich auch ständig nur an. Manchmal wusste er gar nicht, warum eigentlich. Früher hatte er oft geglaubt, das sei seine Schuld, und war dann echt verzweifelt gewesen, wenn die Streitereien zu Hause weitergingen, auch wenn er noch so brav war. Irgendwann hatte er dann kapiert, dass die ewigen Auseinandersetzungen wohl nix mit ihm zu tun hatten. Ganz im Gegenteil, seine Eltern waren manch-

mal so intensiv mit sich und ihren Auseinandersetzungen beschäftigt, dass sie ihn überhaupt nicht wahrnahmen. Hatte natürlich Vorteile, wenn man mal einen Fünfer in Mathe unterschreiben lassen musste. Den schob er dann fix Mama oder Papa unter, die unterschrieben, ohne hinzugucken, und damit hatte es sich. Aber auf die Dauer war das kein sehr angenehmes Familienleben! Die Sommerferien konnten echt nervtötend sein, wenn sich seine Alten wegen jeder Kleinigkeit in den Haaren hatten.

Stefan verstand einfach nicht, warum Männer und Frauen unter solchen Bedingungen zusammenblieben. Das war doch auch für sie bestimmt nicht lustig. Er fragte sich oft, warum seine Eltern nicht schon längst geschieden waren. Andererseits schienen ständige Auseinandersetzungen damit nicht unbedingt was zu tun zu haben. Bennis Eltern zum Beispiel, die hatten sich auch scheiden lassen. Da war nie irgendwas gewesen. Die hatten sich nie gestritten. Stefan konnte sich nicht erinnern, dass bei Benni zu Hause mal dicke Luft gewesen wäre, wenn er da war. Er hatte Benni sogar mal gefragt. Aber seine Eltern hatten offenbar nie Streit miteinander gehabt.

Manche Paare sind unglücklich, obwohl man von außen gar nichts sieht.

Vielleicht lag die Wahrheit ja irgendwo in der Mitte und zu viel war ebenso tödlich für die Beziehung wie zu wenig. Das konnte Stefan akzeptieren; aber nicht so ohne Vorwarnung, wie bei Melanie. Da musste echt was passieren. Im Sommer wollten sie zwei Wochen an die Ostsee campen fahren. Da würde er das mit ihr bereden. Dafür brauchte er keine Kurse, die von irgendwelchen Erwachsenen angeleitet wurden. Das würden sie ja wohl noch selber hinkriegen!

Und wenn es dann nicht klappte, konnte er immer noch darüber nachdenken, ob und wie es mit ihm und Melanie weitergehen sollte.

»ich werde nicht verstanden!«

miteinander reden, partnerschaft

Stefans Gedanken sind bei seiner Beziehung mit seiner Freundin Melanie. Er hat oft das Gefühl, dass sie zwar über dasselbe reden, jedoch zwei ganz unterschiedliche Sprachen sprechen und sich nicht verstehen.

Sich lieben heißt nicht, sich nie zu streiten.

Missverständnisse kommen in Zweierbeziehungen häufig vor. Viele Paare glauben, wenn ihre gegenseitige Liebe nur tief genug ist, sei dies die Garantie dafür, dass sie einander immer und in jeder Situation verstehen. Ein kleiner Streit kann dann schnell zur Zerreißprobe für die Beziehung werden; denn wer streitet, denken viele, versteht sich nicht, und wer sich nicht ohne Worte versteht, dessen Liebe ist offenbar nicht tief genug.

In dieser Situation hilft die dann permanent wiederholte Frage »Liebst du mich?« auch nicht weiter.

Wie entstehen denn nun die Probleme?

Beziehungen beginnen oft romantisch. Unausgesprochen ist beiden klar, dass nichts diese Liebe zerstören kann. Gegenseitige Zuneigung und Liebe sind wie von selbst da; die Wünsche werden einander vom Mund abgelesen.

Schaut man einmal näher hin, was zwischen einem verliebten Paar passiert, ist es meistens so, dass beide sich stark füreinander interessieren und vieles in dieser Zeit gemeinsam erleben. Der Alltag spielt eine untergeordnete Rolle: Schule, Familie, Freunde sind nahezu bedeutungslos geworden. Die meisten Paare spüren in dieser Zeit des Verliebtseins ein unheimliches Glücksgefühl und eine Bestätigung für die jeweils eigene Person im Ganzen, wie sie sonst kaum im Leben vorkommt. Unter solchen Bedingungen fällt es beiden besonders leicht, zärtlich zueinander zu sein und den Körperkontakt zu suchen.

Was später oft sehr schwierig ist, ist in der Anfangsphase offensichtlich für viele kinderleicht: Bei Missstimmungen oder Konflikten geht man auf den anderen ein und sucht eine Lösung, mit der beide leben können.

Dieser Zustand hält jedoch nicht immer an – der Alltag holt die Verliebten ein. Andere Menschen und andere Beschäftigungen werden wieder wichtiger. Beide erinnern sich an ihre Freunde oder Freundinnen und wollen wieder vermehrt mit ihnen zusammen sein. Oder Schule und Ausbildung verlangen die ganze Aufmerksamkeit. Manchmal entsteht nach einer Zeit intensiven Zusammenseins auch der Wunsch, ohne Partner/Partnerin etwas zu unternehmen. Dies ist meist die Zeit, in der Konflikte in einer Beziehung – egal wie alt das Paar ist – erstmals auftreten und zu etwas Normalem werden. Normal deshalb, weil zwei Personen mit unterschiedlichen Vorstellungen und Bedürfnissen zusammengekommen sind. Denn es ist selten so, dass beide genau gleichzeitig den Wunsch verspüren, etwas alleine oder mit den Freunden zu unternehmen, oder beide gleichzeitig gleich stark in ihrem Alltag gefordert sind. Oft kommt es zu ersten Streitereien, welche Familie die bessere ist, welcher Freundeskreis der interessantere ist. Ein anderes häufig anzutreffendes Phänomen: Sie kann seinen Wunsch nach seinen Freunden und dem Sport nicht nachvollziehen. Er macht sich über ihre Freundinnen lustig und geht nur widerwillig mit ihnen aus.

Vorsicht vor »Beziehungskillern«.

In dieser Phase ist das Paar im Beziehungsalltag angekommen. Erste Enttäuschungen machen sich breit. Wenn sich der Frust häuft, neigen die Menschen oft zu aggressiven Reaktionen. Missverständnisse werden zu Streit. Dies ist der Moment, in dem sich *Beziehungskiller* in die Kommunikation einschleichen. Diese können sein: Vorwürfe, persönliche Angriffe, verletzende Bemerkungen vor anderen oder Drohung mit Liebesentzug. An der gegenseitigen Liebe wird nun – wie eingangs beschrieben – heftig gezweifelt. Manche stecken dann ihre eigenen Bedürfnisse zurück und versuchen sich in der Beziehung unterzuordnen, aus Angst, die Liebe zu verlieren. Andere versuchen wiederum, den Partner/die Partnerin nach eigenen Vorstellungen zu ändern. Das ist unter Umständen der Beginn eines Teufelskreises, denn niemand lässt sich gerne vorschreiben, wie er/sie zu leben hat. Beide Strategien führen über kurz oder lang wieder zu neuem Streit. Und das Spiel beginnt von vorne ...

Die Folge ist, und das ist die letzte Phase beim Aufbau eines Beziehungskonfliktes, dass beide beginnen, den anderen in einem negativen Licht zu sehen. Beispielsweise denkt er: »Sie will mich eben nicht verstehen!« Oder sie kommt zum Schluss: »Er ist nicht liebevoll genug!« Da an einem solchen Punkt Streitigkeiten in Beziehungen häufig und in regelmäßigen Abständen folgen, fühlen sich beide unabhängig voneinander in ihrer schlechten Meinung vom anderen immer mehr bestätigt.

Wenn sich dieses Spiel spiralenförmig weiterdreht, kann dies für einen oder beide den Einstieg zum Ausstieg aus der Beziehung bedeuten.

Was tun, um in einer Beziehung konstruktiv mit Konflikten umzugehen?

Es fängt damit an, dass beide sich bewusst sein sollten, dass jeder eine *eigenständige Persönlichkeit* ist mit eigenen Vorstellungen und Bedürfnissen. Das heißt, dass beide bereit sein sollten, das Miteinander in der Beziehung *gemeinsam* auszuhandeln. Zum Beispiel: Wie verbringen wir das Wochenende? Mit welchen Freunden gehen wir weg? Welchen Film gucken wir an?

Wenn diese Abmachung von beiden respektiert wird, besteht kein Anlass, Angst vor Konflikten zu haben. Denn diese können dann dabei helfen, einen gemeinsamen Weg zu suchen. Die meisten Konflikte ergeben sich aus

Missverständnissen, die durch ein Nachfragen im Gespräch ausgeräumt werden können. Dabei ist es wichtig zu wissen, dass das gesprochene Wort zwischen zwei Menschen in der Regel zwei Ebenen hat:

- den Inhalt
- die Beziehung

Kommunikation funktioniert immer auf zwei Ebenen.

Melanies Eifersucht, als Stefan sie auf das Top einer anderen hinweist, ist ein gutes Beispiel dafür. Während Stefan vielleicht wirklich nur *das Kleidungsstück* an sich meinte, hat Melanie *die Situation* erfasst und auf sich bezogen (etwa: »Er findet andere schöner. Ich genüge seinen Ansprüchen nicht!«). Es ist gut vorstellbar, dass das ganze Missverständnis nur aus einer falschen Betonung heraus entstanden ist. Vielleicht hat Melanie aber an Stefans Mimik, wie er die Blonde angeguckt hat, ablesen können, dass es ihm unmöglich nur um das Top gegangen ist ...

Regelmäßige Gespräche können helfen, Missverständnisse möglichst früh zu klären und die Lebendigkeit der Beziehung für beide zu bewahren. Hier ein paar Tipps:

- *Was hast du heute gemacht?*
  Täglich zehn Minuten Zeit nehmen, um zu erfahren, was den anderen bewegt (z.B.: Was hat dich heute glücklich gemacht? Was geärgert? Wo waren deine Gedanken? Was beschäftigt dich?).

- *Zuhören!*
  Ausreden lassen, bei Unklarheiten nachfragen, z.B.: Das habe ich nicht verstanden, erkläre es noch mal.

- *Wenn einem etwas nicht passt, die Sache oder das Verhalten sofort und konkret ansprechen!* Keine Vorhaltungen oder Vorwürfe machen. Versuche, von *dir* und *deinen momentanen Gefühlen* zu sprechen! Also nicht einfach irgendwie antworten und hoffen, dass der Partner/die Partnerin mit der Zeit schon verstehen wird und sich das Problem von alleine löst. Meist ist nämlich das Gegenteil der Fall und beim nichtigsten Anlass ist »das Fass am Überlaufen«.

- *Verallgemeinerungen wie* Nie/Immer/Typisch/ Man sollte/Das musst du doch selbst wissen *vermeiden!*
  Das sind die Fallen, mit denen die nebensächlichsten Themen zu echten Beziehungskrisen werden können.
  Also nicht: Du kommst immer zu spät! Nie kann ich auf dich zählen! Man weiß nie, woran man bei dir ist!
  Besser: Ich bin enttäuscht, dass ich heute auf dich warten musste. Ich bin unzufrieden, dass ich die Sache alleine erledigen musste. Wenn du vom Sporttraining kommst, weiß ich nie, was du von mir willst. Das verunsichert mich sehr.

- *Körperlichkeit ist wichtig!*
  Das hat nichts mit Sex zu tun! Körperkontakt ist für das Säugetier Mensch von großer Bindungskraft und kann Zuneigung und Vertrauen manchmal besser und tiefer ausdrücken als Worte.

TOUCHÉ
by ©TOM
ÄÄH... 1 PÄCKCHEN KAUGUMMI 1 TÜTE SAUREDROPS 1 DOSE COLA 2 ÜBERRASCHUNGSEIER WÜRDENSIESICHMITEINEM JÜNGERENMANNVERABREDEN 2 KINDERRIEGEL
1 TÜTE AHOJBRAUSE UND 4 LAKRITZSCHNECKEN...
AU MANN! DU HAST SIE WIRKLICH GEFRAGT! - DU HAST SIE DOCH GEFRAGT?!
KIOSK
HM...
JA-UND?? NU RED' SCHON!! - WAS HAT SIE GESAGT?
POST
„NEUNACHTUNDSIEBZIG"

Wie beim Fußball ist auch in der Beziehung ein ständiges »am Ball bleiben« gefragt. Viele vergessen, wie viel Energie und Verständnis sie am Anfang der Beziehung, in der Phase des Verliebtseins eingesetzt haben, um die Gunst des anderen zu gewinnen. Eine gut funktionierende Beziehung kann mit einem ausgeglichenen Bankkonto verglichen werden. Nur wer regelmäßig einzahlt (also in die Beziehung investiert), kann auch stressfrei und ohne Sorgen vom Konto abheben (also für sich etwas Gutes tun).

4 allein auf weiter flur

»Mach doch mal was mit anderen!« Carsten spurtete über den Platz, während er im Kopf deutlich die Stimme seiner Mutter hörte. Sie stand in der Küche, spülte und konnte sich beim besten Willen nicht vorstellen, dass es ihm genügte, sich nach dem ganzen Schulmist am Vormittag mit seinen Büchern ins Zimmer zu verziehen, Kopfhörer aufzusetzen und einfach nur abzuhängen.
Jetzt hatte er den Ball erwischt; wo war denn Jochen, zum Abspielen? Zu spät! Schon hatte Michael ihm den Ball wieder abgenommen. Also, wieder zusammenreißen und dem Ding hinterherrennen. Dabei wäre er viel lieber zu Hause.
Seine Mutter war der Meinung gewesen, er sei zu viel alleine, und hatte ihn kurzerhand in diesem komischen Fußballverein angemeldet! »Schließlich spielen doch alle Jungs gerne Fußball.« Hatte sie bestimmt wieder in irgendeiner ihrer Frauenzeitschriften gelesen. Das ging dann ungefähr so:

Carstens Mutter meint, dass sie ihm unbedingt helfen muss.

»Liebe Frau Erika, mein Sohn sitzt immer alleine in seinem Zimmer. Wird er davon mit der Zeit nicht krank? Wie kann ich ihm helfen, er ist doch bestimmt sehr einsam? Eine besorgte Mutter.«

»Liebe besorgte Mutter! Ja, du hast Recht, so viel Alleinsein ist für Jungs gar nicht gut! Nachher fassen sie noch klare Gedanken oder lesen Bücher oder machen – und das wäre ganz schlimm! – gar nichts! Du musst unbedingt dafür sorgen, dass der Junge aus dem Haus kommt, mit anderen zusammen ist und abends vor lauter Müdigkeit zu gar nichts mehr Lust hat. Melde ihn

doch in einem Fußballverein an, schließlich spielen doch alle richtigen Jungs gerne Fußball. Herzlichst, deine Frau Erika.«

Ja, und so hatte ihn seine Mutter zum Fußball angemeldet. Klar hatte er sich gewehrt. Mit Händen und Füßen. Aber sie hatte nicht mit sich reden lassen. Ein halbes Jahr ist bezahlt und ein halbes Jahr gehst du hin; du kannst doch gar nicht wissen, dass es dir nicht gefällt, wenn du nicht hingehst.

So'n Quatsch! Er wusste wohl, dass ihm das hier nicht gefiel. Es reichte ihm, dass er den ganzen Vormittag mit dreißig anderen in einem Raum zusammengepfercht war. Er wollte wenigstens am Nachmittag seine Ruhe! Seine Mutter hatte ihn x-mal gefragt, ob denn seine Mitschüler ihn nicht mögen würden. Oder ob er sonst irgendwie ein Problem hätte. War es echt so ganz unvorstellbar für sie, dass er trotz einiger Beliebtheit in der Schule und ohne tiefe Lebenskrise einfach gerne für sich allein sein wollte, um zwischen Unterrichtsstoff, Lehrern und lautstarkem Schulalltag vielleicht einfach mal an gar nichts zu denken?!

Carsten fühlt sich nicht einsam, er will einfach nur seine Ruhe haben.

»Carsten, Menschenskind, guck doch mal, wo du hinläufst! Der Ball ist *da*!!!« Der Trainer brüllte über den Platz. Seine Hand, Richtung Ball, zeigte in die entgegengesetzte Richtung.

Was hätte er mit der Kohle für dieses dämliche halbe Jahr Fußball nicht alles anfangen können! Seit einem Jahr diskutierte er mit seinen Eltern wegen eines Onlinezugangs; ohne Erfolg. Aber für diesen Blödsinn hier gab's Geld. Seine Alten waren ihm ein echtes Rätsel.

Wenn es wenigstens so wäre, dass er sich gelangweilt hätte, zu Hause. Hatte er aber nicht. Nur wie sollten seine Eltern das verstehen, die wussten ja nicht mal auf Anhieb, welches Buch er gerade las.

Seine Mutter schien echt nicht zu begreifen, dass ein Unterschied war zwischen *Allein-sein-Wollen* und *Allein-sein-Müssen*. Seine Oma, die war einsam. Und der war sicher auch langweilig, weil nämlich kaum mal einer kam. Außer ihm; hin und wieder. So ging es ihm nicht. Er war beliebt in seiner Klasse und Freunde hatte er auch. Aber am Nachmittag wollte er seine Ruhe.
Niklas, der mit ihm in eine Klasse ging, das war so ein Typ, der immer alleine war. Der hatte wirklich kein Talent, Freunde zu finden. Dabei riss der sich ein Bein aus, wenn es darauf ankam.
Manchmal war es schon verdammt schwierig, Freunde zu finden. Wenn man nicht dazugehörte, konnte nur noch ein Wunder helfen, damit man nicht ewig außen vor blieb.
Das war auch so ein Grund, weshalb er diese Aktion seiner Mutter hasste; er war überall beliebt, hatte noch nie Schwierigkeiten gehabt, sich irgendwo anzuschließen. Bis auf diesen Unsinn hier. Hier kannte er niemanden, hier wollte er niemanden kennen und ihn wollte auch niemand kennen lernen. Und dafür gaben seine Eltern Geld aus. Da spielte er in einer Herde von Jungs Fußball und war mehr alleine, als wenn seine Eltern ihm stattdessen einen Internetzugang besorgt hätten.
Hier sprach keiner ein Wort mit ihm, höchstens dieser Trainer schnauzte immer mal wieder über den Platz, weil er dieses oder jenes falsch machte. Dabei war das doch echt egal. War doch bloß ein Spiel.
Langsam wurde ihm das zu blöd. Morgen würde er mal mit seinen Eltern reden, ob er hier wirklich noch hermusste. Oder er blieb einfach zu Hause. Er wusste sowieso am besten, was gut für ihn war.
Rumms! Carsten sah nur noch Sterne. Als Nächstes registrierte er, das er auf dem Rasen lag und irgendwie seine Beine mit den Beinen von jemand anderem ver-

knotet waren. Der Trainer schrie lauthals rum und kam über den Platz gejoggt. Der andere stand auf und sah aus, als hätte er sich auch ziemlich wehgetan. Dann hielt er Carsten die Hand hin. Der griff verwirrt danach und wurde hochgezogen. Als er auftreten wollte, fuhr ihm ein stechender Schmerz vom Knöchel bis fast ins Knie.

»Michael, guck doch hin, wo du hinläufst!« Der Trainer war sauer. »Tut's weh?« Er knetete an Carstens Knöchel rum, als wär's ein Kuchenteig. »Nur wenn ich lache«, sagte Carsten zwischen zusammengebissenen Zähnen. »Ich glaube, ihr zwei nehmt mal 'ne Auszeit.« Der Trainer zeigte auf die Ersatzbank. Carsten wollte sich so gut es ging dahin auf den Weg machen, als Michael ihn unterfasste und ihm über den Platz half. Die anderen spielten weiter.

»Ich dachte nicht, dass du dich da noch zwischenschiebst«, Michael kam außer Atem, »du bist manchmal verdammt schnell.«

Was war das denn? Nahm ihn etwa jemand wahr?

Sie setzten sich auf die Ersatzbank und guckten den anderen zu.

»Wo haste denn vorher gespielt?« Michael hielt ihm eine Wasserflasche hin, Carsten trank.

»Nirgends.«

»Dafür spielst du aber nicht schlecht.«

»Kann schon sein.«

»Jetzt guck dir die an; Zusammenspiel null.« Michael zeigte aufs Feld, wo wieder alle bunt durcheinander rannten.

»i'm a lonesome cowboy ...« (lucky luke)

einsamkeit, alleinsein

Carsten fühlt sich nicht alleine. Aber er kennt verschiedene Formen des Alleinseins. Eigentlich kann er damit auch ganz gut umgehen. Darum hat er nicht das Gefühl, einsam zu sein. Für jemanden von außen ist das aber manchmal schwierig nachzuvollziehen; vielleicht hat Carstens Mutter ja auch so etwas wie ein schlechtes Gewissen ihm gegenüber, weil sie das Gefühl hat, nicht genug für ihn zu tun, oder sie glaubt, sich Sorgen machen zu *müssen*, weil sie eine »gute Mutter« sein möchte.

Allein sein und einsam sein ist nicht dasselbe.

Ganz anders geht es Niklas. Der wünscht sich Freunde und findet keine. Solche und ähnliche Erfahrungen macht jeder Junge mal in seinem Leben. Das ist ganz normal. Aber es ist natürlich kein angenehmer Zustand. Was also tun, um da rauszukommen? Wie finde ich Freunde? Diese und ähnliche Fragen zum Thema Freundschaft sind in vielen Ratgebermagazinen Dauerbrenner. Die meisten Antworten sparen denn auch nicht mit Tipps, was man tun und wie man sich am besten verhalten soll, um nicht mehr länger alleine zu sein und das Gefühl der Einsamkeit hinter sich zu lassen.

Fast immer kommt dann der Ratschlag, selber aktiv zu werden und den ersten Schritt zu wagen, auf andere zuzugehen. Aber oft liegt ja gerade darin die Wurzel der Einsamkeit: Weil man sich aus Schüchternheit nicht traut, andere anzusprechen, bleibt man alleine.

Manchmal beginnen dann die Gedanken verrückt zu spielen, weil Menschen nun mal eine Erklärung brauchen, um mit der Traurigkeit oder Wut fertig zu werden. Und die stellt sich ein, wenn man längere Zeit ohne gute Freunde auskommen muss oder man mit den Versuchen, neue Freunde zu finden, immer wieder scheitert. Die Gedanken kreisen im Kopf. Sie sagen beispielsweise, dass niemanden einen mag, weil man zu hässlich, zu schwach oder zu uninteressant für »die Welt« ist, oder man findet alle anderen dumm und hinterwäldlerisch. Mit der Zeit beginnt dann mancher, das wirklich zu glauben, und wird noch unsicherer im Kontakt mit anderen.

Man kann sich die Chance, Freunde zu finden, durch den eigenen Kopf verbauen.

Wenn diese Enttäuschung zum »Normalfall« wird, kann es passieren, dass Jungen deshalb die Möglichkeiten, anderen zu begegnen, schon von vornherein, nämlich im eigenen Kopf, immer weiter einschränken. Sie spielen verschiedene Situationen, in denen sie neue Leute treffen, wieder und wieder in Gedanken durch und kommen immer häufiger zu demselben Ende einer solcher erdachten Begegnung: *Der/Die mag mich nicht, bzw. Den/Die mag ich nicht. Hat doch alles keinen Zweck.*

Viele Jungen kommen aus diesem Teufelskreis nicht mehr heraus. Das Gefühl der Ohnmacht, wo sie doch Stärke zeigen sollen, macht es doppelt schwer, mit anderen darüber zu sprechen oder sich irgendwo Hilfe zu holen. Denn ein »echter« Junge regelt so was allein, meinen sie. Das ist aber Quatsch!

Einsamkeit und der Eindruck, abgewiesen bzw. nicht erwünscht zu sein, sind Gefühle, die uns das ganze Leben lang immer wieder begegnen werden, ob einem das nun gefällt oder nicht! Zum Beispiel dann, wenn man in eine neue Klasse kommt oder mit der Familie umzieht. Später verliert man seinen Freundeskreis vielleicht, weil man für eine gut bezahlte Stelle in eine andere Stadt zieht; auch da fängt man dann von vorne an und hat nicht unbedingt sofort Freunde!

Daher ist es gut, sich mit dem Alleinsein auseinander zu setzen und Strategien für den Umgang damit zu erlernen.

Zwei grundsätzliche Überlegungen zum Thema Freundschaft:

- *Freunde werden einem nicht geschenkt!*
  Also aktiv auf andere zugehen. Manchmal klappt das nicht auf Anhieb und bei jedem.

- *Wer etwas haben will, muss bereit sein, auch was zu geben!*

Wie Untersuchungen gezeigt haben, wünschen sich die meisten Jugendlichen von ihren Freunden vor allem Unterhaltung, Beistand und Unterstützung. Gefragt sind also Fähigkeiten. Die kosten nichts und jeder hat sie, auch wenn man manchmal ein bisschen danach suchen muss!

Die zwei Grundvoraussetzungen für den Aufbau von Freundschaften sind also *Aktivität* und *Zuhören*. Außerdem brauchen Freundschaften Zeit, um zu wachsen. Gute Freunde hat man nicht nach ein, zwei Tagen!
Die folgenden Fragen können beim Finden neuer Freunde ebenfalls nützlich sein:
- Was für Freunde will ich?
- Welche Interessen sollen sie mit mir teilen?
- Wie viel Zeit will ich mit ihnen verbringen?

Manchmal gibt es eine Gruppe, zu der man gerne gehören würde. Vielleicht gibt's auch einen Verein, bei dem eine Mitgliedschaft sinnvoll wäre; es muss ja nicht immer Fußball sein!

Eine besondere Möglichkeit, neue Freunde zu finden, können die neuen Medien sein. Im Internet gibt es Tausende von Chatrooms und Foren zu allen möglichen Themen. Was für Eltern und Großeltern vielleicht die Brieffreundschaft war, kann heute eine Bekanntschaft über Mail sein.

Manche Jungen merken aber, dass sie wieder und wieder an den beiden Grundvoraussetzungen scheitern. In diesem Falle ist es angesagt, sich Hilfe zu holen. In allen größeren Orten gibt es Beratungsstellen, die oft auch telefonische Unterstützung anbieten, die anonym und kostenfrei ist (siehe auch Telefonnummern und Internetadressen auf den Seiten 113 und 115).

5 weichspüler für den kopf

»Komm Benni, Rauchpause.« Michael machte mit seinem Kopf eine Bewegung Richtung Büsche. Typisch, der Alte verkündete zehn Minuten Pause nach dem anstrengenden Zirkeltraining und alles, was Michi einfiel, war 'ne Rauchpause. Dabei waren sie noch völlig außer Atem. Aber immerhin war er freigebig mit den Fluppen.

»Also gut«, keuchte Benni.

In der Trainingspause machte ohnehin jeder, was er wollte. Der dicke Marc rannte bestimmt wieder in die Umkleide, Schokoriegel einpfeifen, Andreas musste sowieso wieder aufs Klo, warum also nicht eine rauchen?

Da hinten waren sie nicht zu sehen. Michi hatte die Zigaretten immer in der Hosentasche seines Trainingsanzugs. Dem Alten erzählte er immer, das sei sein Portemonnaie, das er wegen des elektronischen Schlüssels für das Gartentor zu Hause immer bei sich tragen müsste. Den Trainer nervte das zwar, aber er glaubte es.

Benni zog und hustete erst mal heftig.

»Wenn du nix verträgst, dann bleib doch draußen«, Michael spähte nervös zwischen den Zweigen auf den Platz, »sonst erwischt uns der Alte noch.«

»Ist das nicht etwas heftig, so direkt nach dem Zirkeltraining gleich quarzen?« Bennis Husten legte sich, aber seine Augen tränten. Michi guckte ziemlich verständnislos. »Ich mein ja nur«, beschwichtigte Benni.

Schweigend rauchten sie zu Ende. Michael war genervt. Lauter Spielverderber und Weicheier! Machten sich wegen ein paar Zigaretten in die Hose. Aber am Wochenende einen auf die Lampe gießen bis zum Umfallen. Und ohne Ecstasy & Co. ging doch von denen auch keiner Samstagabend irgendwo hin. Aber ihm seine sechs oder sieben Zigaretten am Tag mies machen.

Außerdem war das doch witzig, hier hinterm Busch in der Pause was Verbotenes zu tun; der Coach sprang im Quadrat, wenn er sie hier erwischte! Wenigstens einmal am Tag ein cooles Gefühl haben.

Vor seinen Alten hatte er ziemlich Respekt. Meist war es besser, sie nicht zu reizen. Sonst hatte man gleich eine sitzen oder konnte sicher sein, dass man früher oder später eins reinkriegen würde; für jeden Scheiß. Und selbst wenn man nichts dafür konnte. Dann ging das halt unter der Sparte »Vorbeugung«. Manchmal hatte er fast so was wie Angst vor seinen eigenen Eltern.

Den Erwachsenen fiel in der Regel auch nichts anderes ein, als ständig hinter ihnen herzuschnüffeln. Und wenn sie einen erwischten, kriegte man eine Standpauke vom Kaliber »Keine Macht den Drogen!« mit viel Blabla und abschreckenden Beispielen. In England, hatte Michael gelesen, druckten sie jetzt Bilder von irgendwelchen Raucherbeinen auf die Packung, um die Leute vom Rauchen abzuhalten. So ein Blödsinn! Mit so'nem Bild drauf war Rauchen doch nur noch cooler: Splatter für die Hosentasche! Und überhaupt, die Erwachsenen: Laberten ständig davon, wie wichtig das sei, nicht zu rauchen, nicht zu trinken und um Gottes willen kein Gras oder andere Sachen zu konsumieren. Dabei musste man ihr eigenes Verhalten nur mal angucken, wenn sie sich selbst unbeobachtet fühlten.

Was Erwachsene sagen und was sie selbst tun, klafft oft auseinander.

Seine Eltern zum Beispiel. Auf dem Geburtstag von Onkel Gerd. Also, das war ja wohl der Oberhammer an Peinlichkeit. Da hatten sie gesoffen wie die Löcher. Nix da mit »Gesundheit« und »verantwortlicher Umgang mit sich und anderen«. Einfach nur hemmungslos die Lampe zukippen. Einen Blödsinn hatten die gelallt, krass. Erinnerte ihn an die *dritte Halbzeit*, die gab's immer Samstagabend, nach dem Spiel. Kampftrinken bis zum Abwinken; natürlich ohne die Erwachsenen. Und er wusste ganz genau, dass einige Jungs nur deswegen überhaupt Fußball spielten. Das war Sucht. Aber doch nicht er, mit seinen paar Zigaretten!

Und wenn man Freunde haben wollte, konnte man auch nicht die ganze Zeit Nein sagen. Für die Erwachsenen war das immer alles so einfach. Wie bei der Schuschke, ihrer Bio-Lehrerin. Die hatte ihnen vor zwei Wochen auch einen Vortrag gehalten, wie schlimm doch Alkohol und Zigaretten wären und dass alles andere sowieso direkt vom Bösen persönlich käme. Diesen ganzen Keine-Macht-den-Drogen-Quark halt. Und dass sie lernen müssten, Nein zu sagen, und dass Freunde, die von ihnen verlangen würden, beim Saufen oder Kiffen mitzumachen, sowieso die falschen Freunde seien. Die hatte gut reden! Hatte die eigentlich in ihrer Jugend gar nix ausprobiert? Na ja, so wie die aussah wahrscheinlich nicht. Das krasseste an der Sache war, wenn man nach so einer Stunde dann am Lehrerzimmer vorbeiging. Sobald da die Tür aufging, entwich eine fette Qualmwolke und der Flur stank auf der ganzen Länge. Bestimmt hatten die da drin Leuchttürme aufgestellt, damit sie sich zurechtfanden!

Es kann schwer sein, Freunden gegenüber Nein zu sagen.

»Kommst du heute Abend ins Galaxy?« Benni trat die Kippe aus. Das Galaxy war ihre Stammdisco in der Altstadt.

»Mal sehen ...« Michael gab sich betont lässig.

»Maren ist bestimmt auch da ...« Benni grinste breit.

»Und?«

»Ich mein ja nur. Ein, zwei Pils und dann stehst du zufällig neben ihr und laberst sie an ...«

»Ach, lass mich zufrieden mit deinem blöden Gequatsche!« Michael schnippte seine Kippe ins Gebüsch. Klar war Maren scharf und sicher wäre er mal gerne mit ihr ins Gespräch gekommen. Aber mit den Mädels war das immer schwierig. Einfach so anquatschen lief da nicht. So ein, zwei Bierchen konnten da schon hilfreich sein. Aber wehe, man passte dann den richtigen Augenblick nicht ab, dann wurde alles noch viel schlimmer. Dann fingen sie an, rumzuzicken, weil man in ihren Augen schon volltrunken war oder was auch immer ...

»Hör mal, ich brauch mir keinen Mut anzutrinken!«

»Ja, ja. Und ich kann auch ohne Alkohol glücklich sein!« Benni war doch ein alter Idiot! Derselbe blöde Spruch wie von seiner Oma. Er holte aus und wollte Benni freundschaftlich eine verpassen, aber der duckte sich und machte den Abgang mitten durchs Gebüsch. Die Pause war ohnehin zu Ende. Michael spurtete ihm hinterher. Vielleicht würde er es heute Abend ja doch mal ohne ein Bier bei Maren versuchen. Vielleicht kam Schüchternheit ja an ...

»ich habe angst ...«

drogen, unsicherheit

Viele Jungen und Männer glauben, mit ihren Ängsten und Unsicherheiten alleine zu sein. Die wenigsten können sich vorstellen, dass es anderen Männern ähnlich ergeht. Wenn diese Gefühle in einem aufkommen, fühlen sich viele mies: Sie haben ein schlechtes Gewissen, glauben, nicht männlich genug zu sein ... Das ist aber Quatsch!

Gefühle der Angst, des Zweifels und des Versagens sind bei jedem Menschen, bei Männern und Frauen, völlig normal; ja, sie gehören zum Leben wie der Pulsschlag und der Atem.

Über eigene Ängste, Unsicherheiten, Hemmungen oder gar Langeweile und Schüchternheit wird meistens nicht gesprochen, weder zu Hause noch in der Schule noch unter Freunden. Auch die Medien berichten ausschließlich über erfolgreiche und abenteuererprobte Männer und geben Tipps, wie man ebenfalls ein Sieger-Typ wird. Schwäche als Thema kommt höchstens – aber immerhin – in Zusammenhang mit einer Beziehungsgeschichte zu einer Frau vor. Die Geschichten handeln dann meistens von unglücklichen Versuchen des Kennenlernens oder von unerfüllter Liebe.

Viele Jungs denken, Männer müssten immer stark sein.

Diese Gefühlszustände sind – je nach Situation – mal schwieriger und mal einfacher auszuhalten, zum Beispiel die Angst vor Streit der Eltern, wenn man von der Schule nach Hause kommt, oder die Angst, vor anderen ausgelacht zu werden, oder Hemmungen zu haben, in der Schule vor versammelter Klasse einen Vortrag zu halten. Nicht immer weiß man aber so genau, weshalb man sich selbst schlecht fühlt oder eine innere Anspannung verspürt. Auf jeden Fall erleben viele Menschen solche Gefühle als unangenehm und versuchen sie loszuwerden.

Eine weit verbreitete Möglichkeit – vor allem unter Männern – ist das Trinken von Alkohol. Aber auch das Rauchen und Einnehmen von anderen Substanzen, die als Drogen bezeichnet werden, sollen ihnen helfen, innere Unruhen und Anspannungen zu lösen. Viele fühlen sich dann lockerer im Kontakt mit anderen, denn diese Stoffe erzeugen ein Wohlbefinden im Körper; Hemmungen und Schüchternheit können überwunden werden; man fühlt sich entspannt oder erlebt ein Glücksgefühl; die Alltagsschwierigkeiten lösen sich für Momente in Luft auf ...

Drogen und Alkohol können Ängste nur vorübergehend unterdrücken.

Viele junge Männer sind neugierig auf Alkohol, Zigaretten und andere Drogen. Wie Michael haben sie in ihrem Leben erfahren, dass diese Sachen irgendwie zur Erwachsenenwelt gehören; und welcher Junge will da nicht hin? Es ist also klar, dass viele in diesem Alter viel ausprobieren und vielleicht zum ersten Mal betrunken oder bekifft sind.

Diese Neugierde ist an sich auch nicht weiter schlimm. Wie Untersuchungen gezeigt haben, probieren zum Beispiel die meisten Jungen das Kiffen nur ein paarmal aus und verzichten dann darauf. So ähnlich geht es vielen nach dem ersten Alkoholrausch.

Wenn nun aber alkoholische Getränke und andere Drogen *regelmäßig* benutzt werden, um eigene Ängste zu unterdrücken oder um »gut drauf zu sein«, und diese Substanzen als »Problemlöser« für die Alltagsanforderungen gewählt werden, dann ist der Schritt in die Abhängigkeit nicht mehr groß! Denn Drogen sind in der Lage, *kurzfristig* unangenehme Situationen und Erinnerungen auszulöschen, Gefühle zu verändern oder abzutöten sowie enorme Leistungssteigerungen herbeizuführen. Dass Drogen aber auch die Gesundheit zerstören bzw. tödlich sein können, wird anfänglich meistens ignoriert; was zählt, ist die Entlastung von den eigenen Gedanken bzw. der Glückszustand im Rausch.

Wann droht beim Konsum von Drogen die Gefahr, süchtig zu werden?

Viele Jungen fragen uns, woran sie denn feststellen können, ab wann sie von etwas abhängig sind.

- Wenn Drogen in erster Linie als *Problemlöser* eingesetzt werden.
- Wenn man *gierig* nach der Droge ist, also sich die Gedanken ständig und unaufhörlich um die Droge drehen, ein Leben ohne Droge nicht mehr vorstellbar ist. Dieser Zustand ist so ähnlich wie beim Verliebtsein: Süchtige Personen lieben ihre Droge heiß und innig; am liebsten gehen sie – bildlich gesprochen – mit ihr ins Bett!
- Generell macht bei jeder Droge die Menge das Gift. Kleine, regelmäßige Dosen sind auf lange Sicht also ebenso schädlich wie der große Rausch einmal im Monat!

Die größten Missverständnisse gibt es über die Art und Weise, *wie* man süchtig wird.

- Drogen kommen nicht einfach über einen wie eine Naturkatastrophe. Sie zu nehmen, ist eine persönliche Entscheidung. Man kann auch Nein zur Droge sagen!
- »Drogenkonsum macht frei und bringt Abenteuer.« *Gerade das Gegenteil ist richtig:* Süchtig zu sein ist die größte Unfreiheit, die es gibt. Die Droge, nicht der eigene Verstand beherrscht das Denken. Dazu kommt ein dauernder Kampf gegen den Entzug des süchtig machenden Stoffs.
- Hände weg von harten Drogen: Heroin, Kokain und dem Missbrauch von Alkohol! Alkohol wird hier zu den harten Drogen gezählt, weil die meisten süchtigen Menschen bei uns alkoholabhängig sind. Der geistige und körperliche Gewöhnungseffekt bei Heroin, Kokain und Alkohol ist enorm. Diese drei Substanzen machen sehr schnell und stark abhängig, weil der Körper ständig eine höhere Dosis verlangt.

Der Rausch hält jedoch nicht unbegrenzt an und beim Aufwachen muss man feststellen, dass die Realität dieselbe geblieben ist. Das schlechte Gewissen schleicht sich bei vielen ein, der Vorwurf, sich und andere zu enttäuschen. Dazu macht sich bei vielen im Körper ein neues Gefühl bemerkbar: der Ekel vor sich selbst ...

TOUCHÉ by ©TOM
KIPPE?
OH – ÄH …
NEIN DANKE.
SCHNÄPSCHEN?
DANKE NEIN.
FOTOS ANSCHAUEN?
NEIN! NEIN!
©TOM
MIT DEINEM NEUEN LOVER WIRSTE NICH' VIEL SPASS HABEN, SCHWESTERCHEN!
?

6 alles wird anders

»So das war's für heute; ich bin zufrieden mit euch. Ein paar Sachen werden wir beim Trainingswochenende noch mal vertiefen. Vergesst nicht eure Badesachen. Ach ja: Und denkt mal über die Fragen nach, die ihr den Leuten von Pro Familia stellen wollt. Also dann, bis Freitag um zwei, hier vor dem Platz!«
Na super! Daran hatte Benni ja gar nicht mehr gedacht. Dabei hatte der Coach schon vor vier Wochen, als das Programm dieses Trainingswochenendes besprochen wurde, angesagt, dass am Samstagnachmittag zwei Leute von der Pro Familia kommen würden, die mit ihnen über Verhütung und Sex reden sollten. Als wenn's da groß was zu sagen gäbe! War doch eh alles klar, oder?!
»Na, Nase, haste dir schon Fragen überlegt?« Murat grinste breit. Der hatte auch gut grinsen, der hatte mit sechzehn schon Bartwuchs wie'n Großer und Haare auf der Brust hatte er auch schon. Benni nervte das. Warum musste ausgerechnet er so ein Hänfling sein? Manchmal machte er sich Sorgen, dass vielleicht irgendwas nicht mit ihm stimmte. Aber er würde sich hüten, das am Wochenende in aller Öffentlichkeit auszubreiten.
»Und, Murat, hast du Fragen? Vielleicht: Ist Analverkehr pervers?« Die Jungs grölten. Jetzt war Stimmung in der Bude. Murat versuchte, Thomas für seine blöde Bemerkung eins mit seinem Shirt zu verpassen.
»Nee, aber du kannst ja mal fragen, ob dein Dödel abfällt, wenn man sich andauernd einen runterholt!«
»Genau, oder ob er abbrechen kann!«, mischte Stefan sich ein.
»Dich interessiert doch sowieso nur, woran du erken-

nen kannst, ob deine Melanie einen Orgasmus hat!« Das ließ er natürlich nicht auf sich sitzen und schon hatten sie das größte Chaos in der Umkleide.

»Komm her, du Idiot, wir gucken mal, ob wir deinen G-Punkt finden!« Stefan und Thomas versuchten, sich gegenseitig in den Schwitzkasten zu nehmen.

»Ach, lass ihn doch«, brüllte Olaf lachend, »seiner ist doch ohnehin zu klein!« Thomas hatte Stefan inzwischen fest im Griff, aber trotzdem keuchte der noch: »Halt's Maul, du willst doch bloß wissen, wer für die Verhütung zuständig ist, damit du dich zurücklehnen kannst.«

Jetzt kloppten sich schon vier Jungs auf dem Boden der Umkleide.

»Vorsicht, meine Lieben, nicht so wild«, Carsten äffte mal wieder super die Schreckschraube Schuschke, ihre Bio-Lehrerin, nach, »AIDS ist heute immer noch nicht heilbar. Also, immer schön vorsichtig!« Die Jungs kriegten sich vor Lachen kaum noch ein.

»Wohl ist AIDS heilbar!«, brüllte Martin.

»Gar nicht!«, bellte Carsten zurück.

»Du hast ja bloß Angst, dass es kein passendes Gummi für dich gibt!« Und schon lieferten sich auch die beiden eine wilde Verfolgungsjagd.

»Genau, immer schön ein Gummi beim Sex!«

»Na, du hast doch sowieso keinen; also, was interessiert's dich?!«

»Ey cool, vielleicht können wir die ja fragen, wie es die Mädels machen!« Benni hatte mal wieder den Nagel auf den Kopf getroffen. Thomas ließ von Stefan ab und schmiss sich neben Benni auf die Bank. Er legte ihm den Arm um die Schulter, guckte ihm tief in die Augen und machte auf Pfarrer Fliege: »Ja, mein Junge, und du kannst auch gleich mal fragen, wie man die Weiber anfasst, damit du weißt, was ihnen gefällt, sollte dich mal eine ranlassen.« Die Jungs waren nicht mehr zu halten, sie brüllten vor Lachen. Das konnte Benni natürlich nicht auf sich sitzen lassen und schon hatten die beiden die schönste Rangelei. Benni war zwar klein, aber schwach war er nicht, er kriegte Thomas ziemlich fix unter.

»Was ist denn hier los!!!« Mist, der Trainer stand in der Tür.

»Wenn ihr nicht in drei Minuten hier raus seid, könnt ihr was erleben!« Die Jungs rafften ihre Klamotten und zogen sich an.

Als er auf seinem Fahrrad nach Hause fuhr, dachte Benni noch mal über die ganze Sache nach. Vielleicht gab es ja eine Möglichkeit, seine Fragen anonym zu stellen, dann wüsste keiner, dass sie von ihm kamen. Oder vielleicht konnte man die Typen von der Pro Familia am Schluss noch mal was fragen, wenn keiner mehr da war. Na, jedenfalls würde er sich gut vorbereiten.

»wieso, weshalb, warum«

10 faqs zum thema sex

»Ich hatte nur Angst: Angst, sie anzufassen, vorm Küssen, vor allem! Was, wenn ich ihr nicht gefallen oder ihre Erwartungen enttäuschen würde?«

Markus, 21

Ähnliche Gefühle von Unsicherheit beschreiben viele Männer, wenn sie sich an ihren ersten Sex erinnern. Rückwirkend ist es meist einfacher, das auszusprechen, als wenn es einen direkt angeht. Wenn man gerade selber neugierig auf den ersten sexuellen Kontakt mit einem Mädchen ist, kann es ganz schön schwer sein, seine Gefühle und Gedanken zu ordnen ...

Aus unserer Arbeit mit Jungen und jungen Männern wissen wir, dass für die meisten neben den zentralen Fragen »Was ist normal?« (siehe Kapitel 8) und »Was wünschen sich Mädchen von Jungen?« (siehe Kapitel 12) Fragen zum »ersten Mal« und zur männlichen Sexualität im Vordergrund stehen. Natürlich können wir in diesem Kapitel nicht auf alle Fragen ausführlich eingehen, aber die zehn häufigsten Fragen (FAQs = *frequently asked questions*) wollen wir hier beantworten.

1. Wie oft kann man sich selbstbefriedigen?

Sooft man will! Selbstbefriedigung gehört zur angeborenen menschlichen Sexualität. Die meisten Menschen befriedigen sich regelmäßig selbst und zwar ihr ganzes Leben lang; auch, wenn sie in einer Partnerschaft leben. Selbstbefriedigung hat nichts mit »Notgeilheit« zu tun. Sie ist kein »Ersatz« für »richtigen Sex«, sondern eine eigene Form der Sexualität. Sie schadet nicht, weder körperlich noch geistig!

Bei vielen Jungen verbirgt sich hinter dieser Frage auch die Angst, dass häufige Selbstbefriedigung in der Jugend später, wenn sie älter werden, Zeugungsunfähigkeit oder Impotenz zur Folge haben könnte. Sie beobachten, dass nach mehrmaliger Selbstbefriedigung die Menge der Flüssigkeit abnimmt und ihr Penis länger braucht, um wieder steif zu werden. Das sind aber ganz normale Reaktionen. Der Körper braucht dann einfach wieder etwas Zeit, um neues Sperma in den Hoden zu produzieren. Aber man muss sich keine Sorgen machen, dass diese »Ermüdungserscheinungen« Auswirkungen für das spätere Leben haben!

2. Mein Penis ist am Morgen immer steif, ist das normal?

Dieses Phänomen kennen viele Jungen. Es heißt auch »Morgenlatte«. Wenn sich die Blase im Lauf der Nacht füllt, übt sie einen Druck auf die Schließmuskeln der Harnröhre aus. Eigentlich müsste man dann irgendwann aufwachen und zur Toilette gehen. In der Regel ist der Schlaf aber so tief, dass der Körper nicht aufwacht, sondern der Druck weiter aufgebaut wird. Dabei werden auch die für die Erektion, die Versteifung des Gliedes, zuständigen Nerven und Muskeln betroffen. Man kann sich die »Morgenlatte« so etwa wie ein »Überdruckventil« vorstellen, das dem Körper ermöglicht, auch mit einer randvollen Blase noch weiterzuschlafen. Der Beweis dafür ist die Tatsache, dass die »Morgenlatte« nach dem ersten Gang zum Klo – der dann übrigens etwas schwierig sein kann – verschwindet.

3. Wie fasst man Mädchen an?

Jungs wollen Mädchen gefallen. Auch und gerade beim Sex. Hinter einer Frage wie der obigen versteckt sich manchmal die Angst, etwas falsch zu machen oder sexuell vielleicht nicht zu genügen. Viele Jungs interessieren sich deshalb dafür, ob es bestimmte Punkte oder Techniken gibt, die Mädchen besonders stimulieren. Leider müssen wir euch enttäuschen: Es gibt kein »unfehlbares« Rezept! Grundsätzlich haben Frauen und Männer bestimmte Körperzonen, an denen sie besonders leicht erregbar sind, daher heißen diese Stellen »erogene Zonen«. Die meisten Menschen mögen sanfte Berührungen in diesen Bereichen. Die sensibelsten Stellen bei Mädchen und Frauen sind normalerweise die Geschlechtsorgane, besonders die *Klitoris* (auch Kitzler genannt). Weitere erogene Zonen sind Lippen, Hals, Achselhöhlen, Brüste und Po.

4. Was macht Mädchen sexuell Spaß? Welche sexuellen Praktiken und Stellungen mögen sie?

Auch hier gilt: keine Rezepte! Man muss schon miteinander ausprobieren, was man mag und nicht mag. Was ein Mädchen besonders sexuell erregt, weiß nur sie. Viele Jungen glauben, sie bräuchten einen besonders großen und/oder langen Penis, um eine Frau zu befriedigen. Das ist Blödsinn! Ein bloßes »Rein-Raus« ist den meisten Mädchen und Frauen ohnehin zu wenig. Allein durch diese Art Geschlechtsverkehr kommen viele Frauen nicht zum Orgasmus. Viele erreichen ihren Höhepunkt durch Streicheln und Lecken der Klitoris. Hier ist also Fantasie gefragt! Und wer denkt, er macht sich lächerlich, wenn er seine Freundin fragt, was sie mag und wie sie es gern hätte, ist selber schuld, wenn der Sex mit der Zeit langweilig wird!

5. Wie finde ich den G-Punkt bei meiner Freundin?

Der »G-Punkt« ist ein Bereich an der vorderen Innenwand der Scheide, an dem Frauen besonders intensiv Lust verspüren können. Ob er aber wirklich existiert, ist bis heute nicht ganz geklärt. Viele Jungen und Männer glauben, dass guter Sex davon abhängt, dass sie diese Stelle bei ihrer Freundin entdecken. Aber das ist nur ein Wunschtraum.

Wenn die Frau einen solchen Punkt hat, kann man ihn in die gemeinsame Sexualität einbeziehen. Einen Orgasmus auf »Knopfdruck« produziert der G-Punkt aber nicht.

6. Wie groß hat ein Penis zu sein, um eine Frau sexuell zu erregen? Kann er zu groß sein?

Anatomisch gesehen liegen die sexuell empfindlichen Zonen der Scheide in den ersten zwei bis vier Zentimetern hinter dem Scheideneingang. Da die Scheide außerdem hauptsächlich aus Muskelgewebe besteht, das sich der Penisgröße exakt anpasst, spielen Länge und Dicke für das Lustempfinden der Frau nur eine untergeordnete Rolle. Viel wichtiger ist es, dass Mann und Frau über ihre sexuellen Wünsche Bescheid wissen.

Manchmal haben Jungs auch das Gefühl, dass ihr Penis zu groß ist. Wenn sie nicht in die Scheide eindringen können, hat das in der Regel aber andere Gründe. Vielleicht ist ihre Freundin nicht genug erregt und daher nicht genug feucht. Oder sie haben sie zu sehr überrumpelt und sie hat einfach keine Lust. Aber zu groß kann ein Penis im Allgemeinen nicht sein.

7. Tut Analverkehr weh? Ist es pervers?

Der Anus, also der Schließmuskel des Afters, ist eine empfindliche Zone des Körpers, die auch sexuell erregt werden kann. Da alle Menschen, Frauen wie Männer, als kleine Kinder darauf trainiert werden, ihre Ausscheidungen mithilfe dieses Muskels zurückzuhalten, braucht es einige Übung, wenn dieser Muskel in die Sexualität einbezogen werden soll. Anders als beispielsweise die Scheide oder der Penis produziert der Anus keine Gleitflüssigkeit. Daher müssen künstliche Gleitmittel verwendet werden und zwar reichlich! Trotzdem kann es die ersten Male wehtun. Außerdem sollten wegen der leichten Verletzbarkeit grundsätzlich Kondome verwendet werden.

Viele Menschen denken, dass Analverkehr, egal ob zwischen Frau und Mann oder zwischen zwei Männern, pervers sei. Das ist er nicht. Einige Kulturen, in denen beispielsweise die Jungfräulichkeit der Frau bis zur Hochzeitsnacht Bedeutung hat, praktizieren Analverkehr als Alternative zum Vaginalverkehr.

8. Muss ich immer ein Kondom beim Sex benutzen?
Im *eigenen Interesse*, nämlich als preiswerteste Verhütung unerwünschter Vaterschaft, grundsätzlich: Ja!
Außerdem bietet ein Kondom sicheren Schutz vor sexuell übertragbaren Krankheiten, insbesondere vor einer Ansteckung mit HIV. Gerade bei One-Night-Stands sollte das Kondom daher zur Standardausrüstung gehören!

9. Ist HIV/AIDS heute heilbar?
Nein! Trotz vieler Sensationsmeldungen in der Presse ist eine Infektion mit HIV bzw. die Krankheit AIDS, die daraus folgt, bis heute nicht heilbar. Es gibt jedoch Behandlungsmethoden, die dafür sorgen, dass Menschen mit HIV und AIDS wesentlich länger und vor allem besser mit der Krankheit leben können als noch vor zehn Jahren. Aber tödlich ist eine solche Infektion immer noch!

10. Meinen Mädchen »Ja«, wenn sie »Nein« sagen?
Wenn Mädchen »Nein« sagen, dann meinen sie auch tatsächlich »Nein«! Basta!

Eine andere, häufig indirekt gestellte Frage ist: »Ich komme zu schnell, was kann ich dagegen tun?«
Die meisten Jungen und Männer kennen das Problem aus eigener Erfahrung. Der vorzeitige Samenerguss hat in der Regel mit Stress beim Sex zu tun. Sei es, dass Jungen und Männer permanent daran denken, wie sie sich in dieser Situation möglichst cool und routiniert geben, sei es, dass

sie Angst haben, nicht zu genügen. In allen Fällen ist Entspannung angesagt! Entweder, indem man mit seiner Freundin über den Stress redet oder auf andere Praktiken beim Sex umsteigt.

Weitere Auskünfte und die Möglichkeit zu einer anonymen persönlichen Beratung zum Thema »Sexualität und Partnerschaft« bieten verschiedene Internetseiten an. Dort finden sich eine Fülle von Informationen und noch mehr Antworten auf noch mehr Fragen, als wir hier geben können.
Hier drei Adressen von Web-Seiten, die sich auf Fragen von Jugendlichen spezialisiert haben:

- www.loveline.de
- www.sextra.de
- www.bravo.de (Der Chat von Dr. Sommer)

TOUCHÉ
by ©TOM
HE PAPS! WAS SIND DENN DAS FÜR ROTE STACHELN DA AUF DEINEM JOHANNES?
ICH ÄH OHÄH TJA ALSO HRRRM... ÄH WEISSTE DAS SIND SO'NE ART ÄH... STOLLEN...
?
ACH SO.
©TOM

7 ich und vater?

Mist! Eigentlich war er zum Training gekommen, weil es ihm den Kopf frei machen sollte; aber seine Gedanken schweiften immer wieder ab. Warum musste so was eigentlich immer ihm passieren? Ja, klar war das schon o.k. gewesen, mit ihm und Sabine. Aber dann kam dieser Brief.

Beim ersten Lesen hatte er ihn gar nicht kapiert, hatte ihn noch mal gelesen und noch mal und noch mal, so lange, bis er ihn auswendig konnte:

Hallo Olaf,

bevor wir auf Klassenfahrt sind, habe ich versucht, dich zu erreichen, aber es war immer nur deine Mutter da.

Olaf, kannst du dich noch an den Abend erinnern, als ich bei Schneiders babygesittet habe? Du hast mich überrascht. Und du weißt ja auch, wie der Abend weiterging, es war unheimlich schön. Erinnerst du dich, wie der Schauspieler im Film gesagt hat: Huston, wir haben ein Problem? Siehst du, so fühle ich mich jetzt: Olaf, wir haben ein Problem ...

Olaf, ich weiß nicht, was ich machen soll! Ich hoffe, du bist bald wieder bei mir und wir können uns gemeinsam was überlegen.

Mit ganz viel Liebe *Sabine*

Olafs Freundin ist von ihm schwanger.

Das hatte ihm echt gefehlt! Sabine war schwanger! Und der letzte Satz war ja wohl die Krönung! Was gab es da groß zu überlegen; Sabine war sechzehn, er ein Jahr älter. Dachte die ernsthaft, er würde sie heiraten und dann Friede-Freude-Eierkuchen? Er wollte Abi machen und dann Bühnenmeister studieren. Beleuchtung, Sound und Veranstaltungen!

Aber nicht mit einem schreienden Balg und einer Frau wie Sabine am Hals. Die kriegte ja schon Zustände, wenn sie ihn mal eine Woche nicht zu sehen bekam! Und wenn er was werden wollte in dem Geschäft, dann würde er selten zu Hause sein.
Was soll das, kann ich mir sowieso abschminken, dachte Olaf, denn so ein Baby kostet Geld, viel Geld. Meine große Schwester hat letztes Jahr auch eins gekriegt. Die hat einen Mann und der ist Zahnarzt und trotzdem fahren sie nicht mehr in den Urlaub.
Und überhaupt, vielleicht ist es gar nicht von mir. Sabine flirtet auch ganz schön rum; wer weiß. Auf jeden Fall will ich einen Vaterschaftstest, wenn sie es behält. Was für eine blöde Frage: »Überlegen, was wir tun können.« Die soll zum Arzt gehen und weg damit. Die Kosten würde er schon irgendwie aufbringen. Dass sie sich die Frage überhaupt stellte! Oder wollte sie allen Ernstes mit sechzehn ein Kind kriegen? Und dann zu Hause bleiben und warten, dass Papa Olaf abends kam? Wovon wollte sie denn leben; von seinen paar Kröten als Imbiss-Aushilfe? Womöglich dachte sie schon darüber nach, wie er ihr bei der Erziehung helfen sollte, Windeln wechseln, spielen und nach einem Arbeitstag nachts um drei noch das Balg durch das Wohnzimmer schleppen, weil irgendein Furz quer saß. Nein, nein, bei aller Liebe, aber da würde sie sich einen anderen suchen müssen.

Die Zukunft mit einem Kind stellt er sich sehr schwierig vor.

In seiner Lebensplanung kamen Kinder bis auf weiteres nicht vor. Vielleicht hatte sie die Pille ja auch absichtlich »vergessen«? Hätte er doch bloß ein Kondom benutzt! Für sie hatte so was doch nur Vorteile: Sie konnte die Schule abbrechen – die ihr sowieso keinen Spaß machte –, für ihre Freundinnen wäre sie mit Kind ohnehin die Coolste und in ihren Augen hatte er die »Ehre«, der Vater zu sein, der sie obendrein noch von

zu Hause wegholte; von der ewig nörgelnden Mama und dem wortkargen Vater. Na toll!
Oh, Mann! Jetzt hatte er doch tatsächlich seine Torwarthandschuhe in der Umkleide liegen lassen! Das fing ja heute gut an.
In der Umkleide waren die Jungs versammelt. Murat hatte Urlaubsfotos aus der Türkei mitgebracht, die er herumreichte.
»Ey Alter! Was liegt an? Hier, Fotos von meiner Schwester und ihrem Kind«, er hielt Olaf einen Packen Fotos unter die Nase. Er nahm sie und guckte sie an. Murats ältere Schwester Fatima war darauf zu sehen, wie sie im Krankenhaus lag und irgend so ein Bündel hielt, das auch ein Kopfkissen hätte sein können. Das Ganze dann mit verschiedenen Personen: glücklichen Großeltern, lieben Tanten und dann irgendwann war da auch Hüsseyn, ihr Ehemann. Danach eine Großaufnahme vom Kind. Hatte natürlich die Augen zu und schrie wie am Spieß. »Is' süß, wa? Ey Mann und so kräftig, der Kleine.« Murats Augen leuchteten.
Was hatten die bloß alle mit Kindern? Na ja, war sicher schon nicht schlecht, wenn's erst mal da war und alle so nach und nach kamen.
Olaf spürte ein merkwürdiges Gefühl in sich aufsteigen; irgendwie war er schon stolz, dass da was von ihm zu einem Menschen werden konnte. Irgendwie war er jetzt wohl ein richtiger Mann, der eine Familie gründen konnte und nicht mehr auf die Eltern hören musste ... So ein sentimentaler Quatsch!!! Familie gründen und nicht mehr auf die Eltern hören müssen! Die würden ihm was erzählen, wenn er nach Hause kam und ihnen erzählte, was in Sabines Brief stand! Seine Mutter würde in Ohnmacht fallen, sein Vater erst mal gar nichts sagen und dann würden sie ihn windelweich prügeln. Bestimmt! Die Schule versaut, die Kar-

riere verdorben und was werden die Nachbarn sagen. Seine Eltern kannten Sabine nicht mal richtig. Und wenn er auch mit seinen Eltern – vielleicht – irgendwie klarkam, mit *ihren* Eltern bestimmt nicht! Die würden ihm die Hölle heiß machen, damit er für das Kind aufkam.

Olaf war stinksauer. Alle würden mitreden wollen, jeder würde irgendwas zu sagen haben. Aber er war auch verwirrt: Lag jetzt die Entscheidung für oder gegen das Kind etwa nur bei Sabine? War er gar nicht gefragt? Dabei würde er doch im Ernstfall zahlen dürfen, bis er schwarz wurde. Toll, er würde der Buhmann sein, wie auch immer sie sich entschied. Nach ihm, nach seinen Gefühlen und seiner Meinung fragte überhaupt niemand! Er durfte nur dabeistehen und abnicken.

Als er übers Feld zum Training lief, überlegte er ernsthaft, sich aus dem Staub zu machen, wenn Sabine sich für das Kind entscheiden sollte. Vielleicht war das die einfachste Lösung.

»Ich bin beteiligt, bin ich aber auch gefragt?«

unterhalt und andere rechtsfragen

Olaf und Sabine stehen vor einer schwierigen Lebenssituation: Sabine ist von Olaf schwanger und muss sich entscheiden, ob sie das Kind bekommen will oder nicht. Darüber will sie mit ihm sprechen.

Die meisten jungen Männer reagieren so wie Olaf. Der Umstand, dass sie Vater werden könnten, erfüllt sie mit großer Angst. Sie müssen feststellen, dass sie nicht direkt Einfluss auf die Entscheidung für oder gegen eine Schwangerschaft nehmen können. Aus dieser Hilflosigkeit heraus zweifeln viele die Vaterschaft an und spielen mit dem Gedanken abzuhauen.

In dieser Krisensituation ist für viele Jungen wichtig, wie die eigene Familie reagiert. Es kommt vor, dass die Eltern sich über den Nachwuchs des Sohnes freuen und bereit sind, die junge Familie finanziell zu unterstützen. Manchmal übernehmen die werdenden Großeltern dann auch während längerer Zeit die Pflege des Kindes, damit Sohn oder Tochter die Schule beenden können. Meistens sind es die Mütter, die helfen, das Baby im Alltag mitzuversorgen; in den ersten zwei bis drei Jahren ist das nämlich ein 24-Stunden-Job!

Viele Jungs machen sich Sorgen, wie die eigenen Eltern reagieren.

Viele Jungs sehen ihre Mütter und Väter jedoch in Panik ausbrechen. Die meisten Eltern gestehen zwar ihren Söhnen etwa ab 16 Jahren ein Sexualleben zu, weisen jedoch nachdrücklich darauf hin – ob direkt mit Worten oder über eine Packung Kondome –, ja nicht mit einem Kind nach Hause zu kommen.

Oft sind die Eltern eines werdenden Vaters schlicht mit der Situation überfordert. Aussagen wie »Du verbaust dir deine Zukunft!« oder »Das Mädchen kann sich ja von dir trennen und du musst trotzdem dein Leben lang bezah-

len!« oder »Sie hat dir ein Kind angehängt, damit du bei ihr bleibst und sie heiratest!« sind ein Zeichen dieser Verunsicherungen.
Manchmal drücken Eltern auf diese Weise auch die Angst über die Zukunft ihrer Kinder aus. Für sie bedeutet ein Baby dann: keinen Schulabschluss, keine Berufsausbildung, keine Karriere und wirtschaftliche Abhängigkeit von einem Ehemann bzw. wirtschaftliche Verpflichtung für Frau und Kind. Sowohl der Junge als auch das Mädchen stehen neben ihren eigenen, oft noch unklaren Vorstellungen in dieser Situation zusätzlich von verschiedenen Seiten unter Druck und müssen feststellen, dass aus einer Liebesbeziehung plötzlich bitterer Ernst in Partnerschaftsfragen geworden ist.

Was tun, um zu einer Entscheidung zu kommen?
Eine Lösung ist eine Beratung durch eine anerkannte Schwangerschaftskonfliktberatungsstelle. Dort werden Gespräche angeboten, die beiden Partnern ermöglichen, ohne Vorwürfe und Anschuldigungen an den jeweils anderen ihre Argumente für oder gegen ein Kind darzulegen. Die letzte Entscheidung liegt jedoch beim Mädchen. Der Junge erhält in diesem Gespräch aber die wichtige Möglichkeit, seine Ansichten zu dem Kind darzustellen. Die meisten Mädchen hören in solchen Beratungsgesprächen erstmals, was die Jungs überhaupt fühlen und denken, wenn sie sich mit einer möglichen Vaterschaft auseinander setzen. Manchmal ist das schon die Entscheidung!

In einem Beratungsgespräch können beide offen ihre Meinung sagen.

Mitunter geht es gar nicht um die Frage, ob der Junge und das Mädchen Eltern werden wollen oder nicht. Eine gemeinsame Entscheidung wird häufig eher durch die Vorwürfe, Kränkungen und Schuldzuweisungen unmöglich gemacht, die zwischen dem Paar schon im Vorfeld stattgefunden haben.

Wie sieht so ein Beratungsgespräch aus?

Sowohl der Junge als auch das Mädchen beharren oft auf ihrer Position und eine gemeinsame Lösung scheint unmöglich. Den meisten Paaren ist aber durchaus bewusst, dass sie eine wichtige Entscheidung treffen müssen. Darum werden beide gebeten, ihre jeweiligen Argumente für bzw. gegen das Kind aufzuschreiben und zur Sprache zu bringen. Auf dieser Grundlage wird dann nach einer gemeinsamen Lösung gesucht. Wenn keine gemeinsame Einigung erzielt werden kann, bietet das Beratungsgespräch aber die Möglichkeit, die Entscheidung des Mädchens – wie immer auch diese ausfällt – nachzuvollziehen.

Das Ergebnis kann durchaus unangenehm sein. Denn ein solches Gespräch stellt manchmal die Liebe zwischen dem Jungen und dem Mädchen auf eine harte Probe. Die Erfahrung zeigt, dass Paare, die sich *nicht* auf eine gemeinsame Lösung einigen können, in der Regel über kurz oder lang auseinander gehen. Die Enttäuschung ist dann meist zu tief, um die Partnerschaft weiterzuführen.

Rechtliche Aspekte der Vaterschaft

Bei einer Vaterschaft ist es gut, sich auf dem Jugendamt beraten zu lassen, welche Rechte und Pflichten ein Vater hat. Das Jugendamt stellt auch die Vaterschaftsurkunde aus, die beweist, wer der Vater des Kindes ist. Nach Gesetz ist der Vater grundsätzlich verpflichtet, für das Kind Unterhalt zu bezahlen, bis es volljährig ist; unabhängig davon, wie die Beziehung zur Kindsmutter aussieht. Wenn man nicht mit ihr verheiratet ist, wird die Höhe des Betrages, der sich am Einkommen misst, gesetzlich festgelegt.

Als Schüler, aber auch als Auszubildender kann man sich aufgrund des fehlenden Einkommens beim Jugendamt im Zuge der Vaterschaftsanerkennung auf »null festlegen« lassen, d.h., dass man erst zu Unterhaltszahlungen verpflichtet wird, wenn man später ein eigenständiges Er-

werbseinkommen hat. Wichtig zu wissen ist, dass man ohne Schulden startet. Auch die eigenen Eltern müssen nicht finanziell einspringen.
Achtung: Viele Jugendämter weisen von sich aus nicht auf diese Regelung hin!

Informationen über einen Schwangerschaftsabbruch

In Deutschland hat jede Frau gemäß Gesetz das Recht, innerhalb von zwölf Wochen seit der Empfängnis die Schwangerschaft abzubrechen. Die Dauer der bestehenden Schwangerschaft wird durch eine ärztliche Untersuchung festgestellt. Zusätzlich besteht eine Beratungspflicht in einer anerkannten Schwangerschaftskonfliktberatungsstelle (z.B. Pro Familia). Hier erhält die Frau bzw. das Paar alle notwendigen Informationen und die gesetzlich vorgesehene Bescheinigung. Nicht volljährige Mädchen bzw. Paare können sich ohne Einwilligung der Eltern beraten lassen. Die beratende Person unterliegt der Schweigepflicht und darf somit keine Informationen nach außen geben (z.B. an Eltern, Lehrer, Arbeitgeber).

Die Beratung über einen eventuellen Schwangerschaftsabbruch ist kostenlos.

Der Schwangerschaftsabbruch findet meistens ambulant in entsprechend ausgestatteten Arztpraxen statt, d.h. nach einer kurzen Ruhepause (wegen der Narkose) kann die Frau wieder nach Hause gehen. Dafür ist ein Vor- oder Nachmittag einzuplanen. Der Mann hat die Möglichkeit, seine Partnerin zu begleiten und vor bzw. nach dem Eingriff bei ihr zu sein.
Ein Schwangerschaftsabbruch aus persönlichen Gründen muss in der Regel selbst bezahlt werden und kostet um die vier- bis fünfhundert Euro.
Bei Mädchen und jungen Frauen, die zur Schule gehen, in der Ausbildung sind oder studieren und somit über kein Erwerbseinkommen verfügen, übernimmt das Sozialamt die Kosten.

Müssen die Eltern bei einem Schwangerschaftsabbruch einwilligen?

Viele Jugendliche haben auch Angst, mit ihren Eltern über die Schwangerschaft bzw. mögliche Vaterschaft zu sprechen, weil sie – wie Olaf – Ärger und Vorwürfe fürchten.

In der Regel sind natürlich die Eltern für das Wohl ihrer Kinder verantwortlich, wenn die noch nicht volljährig sind. Wenn das Mädchen aber aus den genannten Gründen nicht mit den Eltern darüber sprechen will, so wird sich die behandelnde Ärztin vergewissern, ob sie die Tragweite des Eingriffs begreift (also sich klar für einen Abbruch entscheidet).

In der Regel wird Mädchen ab sechzehn Jahren diese Entscheidungsfähigkeit zugestanden. Im Übrigen: Auch das ärztliche Personal steht unter Schweigepflicht.

8 normalität, das sind die anderen

Und wenn jetzt doch alles rauskommt?
Bloß nicht daran denken. Einfach nichts anmerken lassen, schließlich habe ich kein Schild um.
Über wen quatschen die dahinten schon wieder? Zeigt Tim etwa auf mich? Nein, nein ... ganz ruhig. Tief durchatmen. DU WIRST NICHT VERFOLGT!
Aber wenn vielleicht doch was durchsickert? Quatsch, wer soll denn was wissen, außer Thomas. Vielleicht wollte er dich reinlegen, dir eine Falle stellen, um dich fertig zu machen? Du bist schizzo. Außerdem hängt er doch selber mit drin, wenn er quatscht.
Aber er erzählt's zuerst. Alle werden seine Version glauben und mich haut er in die Pfanne. Er braucht nur zu erzählen, dass ich angefangen hätte und er gar nichts machen brauchte. Es ist so einfach. Er braucht nur ein, zwei Sachen dazuzuerfinden. Ob wahr oder nicht, interessiert bei so einer Geschichte sowieso keinen.
Dann war er untendurch. Aus, Ende, fertig und vorbei. Bestimmt würde niemand mehr mit ihm reden. Mit Fingern würden sie auf ihn zeigen und tuscheln. Witzchen machen in der Umkleide. Vielleicht flog er sogar noch aus dem Verein. Und wenn es hier raus war, würde es bald auch in der Schule die Runde machen. Großartig!
Mist, Mist, Mist!!! Hätte er sich doch bloß zurückgehalten. Dann wäre die ganze Sache nicht passiert und sein Leben wäre noch in Ordnung. Warum musste sein Verstand auch im entscheidenden Moment aussetzen?
Nichts anmerken lassen; da kam Thomas und er hatte den Ball. Ganz locker ...
Ihre Blicke kreuzten sich.
War da nicht was in seinem Blick? Hatte er nicht eine Zehntelsekunde zu lange zurückgeguckt?

Wo sollte das noch hinführen. Jetzt verfolgten sie sich auch noch!
Bleib ganz ruhig. Das ist Fußball. Wenn du deinem Gegner den Ball abnimmst, ist es seine Aufgabe, ihn sich wiederzuholen. Ein kurzer Reflex und er spielte den Ball quer übers Feld, irgendwohin. Hauptsache, Thomas rannte nicht mehr hinter ihm her!
Der Coach tobte. Was soll's, auch egal. Besser, der hält mich für blöd, als dass mir jemand auch nur das Geringste anmerkt. Er musste sich jetzt einfach unter Kontrolle haben. Nur eine Zeit lang, bis Gras über die Sache gewachsen war. Aber noch mal würde ihm das nicht passieren, da würde er besser aufpassen. Den Stress könnte er auf die Dauer echt nicht ab!
Sollte er nach dem Training einfach dableiben und so tun, als ob nichts wäre? Oder war es besser, sich mit einer Ausrede gleich aufs Fahrrad zu schwingen und zu verschwinden? Vielleicht provozierte so ein Verhalten ja nur, dass die anderen über ihn redeten, und wer weiß, vielleicht quatschte Thomas am Ende doch bei ein, zwei guten Kumpeln? Aber wenn er dablieb, würde das die Hölle sein. Er würde gar nicht wissen, wo er hingucken sollte, und in jedem Wort nach versteckten Andeutungen suchen; immer mit der Angst, es doch nicht verhindern zu können, dass Thomas quatschte.
Vielleicht hatte er ja Glück und Thomas verlor Samstagabend nach einer bunten Pille und ein paar Bierchen das Gedächtnis! Dann brauchte er sich keine Sorgen mehr zu machen. Wenn sie sich besser kennen würden, dann könnte er vielleicht mit ihm über den Vorfall reden. Denn dass das nichts Normales war, begriff er selbst. Aber genau das machte es ja auch so schwierig, das Thema anzuschneiden.
Hätte er doch bloß besser aufgepasst!

Thomas schreibt ein Tagebuch. Am Abend dieses Tages schrieb er unter anderem:

»Was hatte der heute bloß? Spielt doch sonst so sicher? Und heute: Guckte nicht rechts, nicht links und kickt den Ball planlos sonstwohin. Letzte Woche ist er doch auch nicht so unsicher gewesen, bei dem, was nach dem Training und dem Aufräumen auf dem Platz unter der Dusche passiert ist. So ein kleines Geheimnis ist echt lustig! Na ja, vielleicht war's ihm einfach zu heiß heute ...«

»ich weiß, was du letzte woche getan hast ...«

sexualität, anders sein

Es kann vorkommen, dass Jungs mal Sex miteinander haben. Meistens sind sie danach verwirrt und fragen sich, ob das, was sie erlebt haben, eigentlich »normal« ist. Sie fürchten, schwul zu sein oder zu werden. Manchmal reicht es schon, dass sich bei der Selbstbefriedigung Männer in die Fantasie schmuggeln, um eine Flut von Fragen und Ängsten auszulösen.

Wer schon im Kindergarten gelernt hat, dass »schwule Sau« die schlimmste aller Beleidigungen ist, der glaubt irgendwann auch Märchen wie »Schwule Männer sind keine richtigen Männer!«.

Alles, was einen auch nur andeutungsweise in den Verdacht bringen könnte, schwul zu sein, wird ängstlich vermieden.

Neugier ist normal: Wie andere Jungs aussehen, wie sie gebaut sind ...

Aber Jungs vergleichen sich untereinander; nicht zuletzt körperlich. Jeder hat schon mal unter der Dusche oder in der Umkleide Seitenblicke riskiert, um rauszukriegen, ob er bei der körperlichen Ausstattung mithalten kann. Diese Neugier ist völlig natürlich, aber oft von Scham und Unsicherheit begleitet. Denn sich für den Körper oder gar die Sexualität eines anderen Jungen zu interessieren, gilt eben oft als »schwul«.

Manchmal ist das Tabu so stark, dass Jungen nicht einmal mehr ihre eigenen sexuellen Fantasien zulassen können. Das ist schade, denn diese Vorstellungen sind für eine zufriedenstellende Sexualität von großer Bedeutung. Darum sollten solche Wünsche und Vorstellungen ernst genommen werden. Wenn man sich selbst im Kopf zensiert, macht das auf die Dauer geistig und körperlich krank.

Für viele Jungen ist es trotzdem verdammt wichtig zu wissen, was normal ist und was nicht. Dabei machen sie sich wenig Gedanken darum, wer ihnen eigentlich sagt, was die Norm ist und was darüber hinausgeht. Sie fragen sich auch nicht, ob ihnen diese Regeln gut tun oder nicht. Sie wollen einfach nur so sein wie »alle«. Aber da geht's meist schon los: Wer ist eigentlich »alle«? Sind das die Leute, die wir kennen? Mutter, Vater, Onkel und Tanten? Die Freunde, die Lehrer, die Jungs vom Verein?
Wird die Frage so gestellt, kommt man ziemlich schnell zu dem Ergebnis, dass das, was wir für das »Normale« halten, das, was wir glauben, dass es »alle anderen auch tun«, nur in unserem Kopf existiert. Und selbst wenn es so etwas wie allgemeine Regeln geben sollte, heißt das noch lange nicht, dass ein Leben nach diesen Regeln gut für einen selber sein muss.

Wichtig ist nicht, was »normal« ist, sondern was du selbst gut findest.

Grundsätzlich gilt:

Was zwei Menschen miteinander machen und o.k. finden, ist »normal« und geht niemanden sonst was an!

Für Jungs, die ein sexuelles Erlebnis mit anderen Jungs hatten oder haben, ist der Umgang damit trotzdem meist nicht einfach. Oft versuchen sie, es einfach zu verdrängen, schieben es auf Alkohol, Langeweile etc. Für sie ist Sex mit dem gleichen Geschlecht so eng mit »schwul sein« verknüpft, dass sie gar keine andere Erklärungsmöglichkeit sehen. Bei vielen Jungen ist es nicht mal die Angst vor dem »schwul sein« an sich, sondern die Angst vor der damit verbundenen Ausgrenzung und Ablehnung; vor allem durch Menschen, die ihnen wichtig sind.
Manche Jungs, allerdings die wenigsten, beispielsweise Thomas, messen einer sexuellen Begegnung mit einem anderen Jungen auch keine tiefere Bedeutung bei. Manchmal passieren solche Dinge eben und man muss ihnen

dann auch kein großes Gewicht geben; niemand hat das Recht, Witze darüber zu reißen oder irgendwelche »Strafen« – wie beispielsweise einen Vereinsausschluss – zu verhängen!

Woran merkt ein Junge denn aber nun, ob er vielleicht schwul ist?

Das ist eine Frage, die viele Jungen interessiert.
Mögliche Hinweise sind zum Beispiel:

- Wenn die Vorstellung von Jungen/Männern sexuelle Erregung auslöst.
- Der deutliche Wunsch nach Zärtlichkeit mit Männern.
- Wenn Jungen/Männer grundsätzlich interessanter und attraktiver als Mädchen/Frauen erlebt werden.

Manchmal glauben Jungs auch, sie wären nur dann schwul, wenn sie den Wunsch haben, unbedingt Mädchen zu werden. Das ist aber Unsinn. Es gibt zwar schwule Männer, die gerne Frauenkleider tragen, und auch einige, die sich selbst eher als Frauen verstehen, aber viele haben solche Wünsche auch überhaupt nicht.
Es gibt inzwischen viele Bücher zum Thema Homosexualität bzw. schwul sein. In jeder Stadtbibliothek steht eine Auswahl davon. Dort kann man sich weitere Infos holen.
In fast jeder kleineren Stadt gibt es mittlerweile auch so genannte »Coming-out-Gruppen«. Dieser Begriff stammt aus dem Englischen und bedeutet wörtlich etwa »Herauskommen«. Dort kann man sich Hilfe und Unterstützung holen, wenn man sich entscheidet, über sein Schwulsein mit anderen zu sprechen und es vielleicht auch öffentlich zu machen. In größeren Städten gibt es manchmal sogar spezielle Gruppen für junge Schwule. Dort kann man Jungen kennen lernen, die in einer ähnlichen Situation stecken, und über seine Probleme reden. Und natürlich auch neue Freunde kennen lernen.

9 fremd zu hause – zu hause fremd

Ich bin nie zu Hause.
Vater und Mutter leben in der Fremde,
Hier in der Wohnung, wo wir alle um einen Tisch sitzen.

Ich bin nie zu Hause.
Meine Freunde sind hier geboren,
Ich reise jedes Mal zu ihnen, wenn ich aus dem Haus gehe.

Ich bin nie zu Hause.
In der Schule schreibe ich Aufsätze als einer der Besten.
Über die Geschichte und in der Sprache meines Landes;
Nicht meiner Heimat.

Ich bin nie zu Hause.
Wie meine kleine Schwester.
Mein Vater sagt: »Gehe sie suchen, denn sie braucht
deinen Schutz.«
Sie faucht: »Sind wir zu Hause, oder was?!«

Ich lebe in einem Land,
Aber in zwei Welten.
Wo ist die Brücke?
Denn ich wäre gerne zu Hause.

Cengiz, Berliner Schüler, 16 Jahre

Murat machte mit Alex und Max eine Gruppe. Sie schnappten sich den Ball und zuckelten übers Feld. Eigentlich spielten sie sich den Ball nur untereinander zu; fiel dem Trainer doch ohnehin nicht auf. Zwei spielen sich den Ball zu und der Dritte fängt ihn ab, was'n Quatsch!
Woher hatte der Alte bloß immer diese bekloppten Übungen?! Als wenn man das Abspielen nicht auch im Spielen selbst trainieren könnte! Bestimmt gab es da

Murat und seine türkischen Freunde nennen Deutsche »Kartoffeln«.

wieder irgend so ein komisches Buch, wo lauter ähnlich beknackte Übungen drinstanden. Die »Kartoffeln« – so nannten er und seine türkischen Freunde die Deutschen – hatten schließlich für alles und jedes ein Buch oder eine Vorschrift, mit dem sie ihre Probleme lösten. Da war nichts selbstverständlich. An allem wurde rumdiskutiert. Der Trainer war da auch so ein Beispiel. Zu allem und jedem wurden sie befragt. Wollt ihr dies oder das? Machen wir das so oder so? Könntet ihr euch vorstellen, das so und so zu machen? Sein alter Trainer war da ganz anders gewesen, der hatte rumgebrüllt wie bei der Armee und befohlen, wie ein kleiner König. Immer schön einen auf Härte gemacht. War auch nicht so angenehm, hatte ihn irgendwie an seinen eigenen Vater erinnert.

Murat hatte keine Lust auf die Übung. Er fand, dass er genug zwischen allem herumrannte. Wenn er nach Hause kam, würde sein Vater sowieso den ganzen restlichen Tag nicht mehr mit ihm reden, weil er wieder mal das Abendgebet versäumt hatte. Dabei hatte er heute demonstrativ die Zwei im Deutschaufsatz auf dem Wohnzimmertisch liegen lassen, vielleicht war es dann heute Abend nicht ganz so schlimm.

Das Zuspiel mit Max und Alex lief völlig glatt, als wäre der Autopilot eingestellt. Manchmal waren der Verein und das Training eine echte Erholung für ihn. Hier war alles einfacher, jedenfalls in bestimmter Hinsicht. Wenn hier irgendwas schräg lief, dann wusste irgendwer immer sofort wieso und ein anderer wusste, warum nicht, und dann stellten sie sich hin und diskutierten das aus, bis jeder in seinen Wünschen und Ticks berücksichtigt war. Und wenn man nicht berücksichtigt wurde, dann gab es wenigstens irgendjemanden oder irgendetwas, dem man die Schuld zuschieben konnte. Da waren die »Kartoffeln« und ihr Drang, es allen recht zu machen, wenigstens mal zu was gut. Bei ihm zu Hause gab es dagegen Regeln, die waren zwar nicht logisch und schon gar nicht fair, aber die konnte er super auswendig lernen und anwenden. Und wenn er was falsch machte, folgte eine Strafe und es wurde nicht gefragt, warum und weshalb, sondern das waren halt die Regeln und basta.

Für ihn als Mann war das gar nicht so schlecht, da musste er nicht groß rumdiskutieren mit seiner Freundin, sondern konnte sich auf die Regeln berufen. Hatte allerdings den Nachteil, dass sein Leben, seit er mit Mahide ging, eine einzige Organisationsleistung war, weil die Eltern natürlich keinesfalls etwas mitbekommen durften; weder seine noch ihre. So waren halt die Regeln.

Der Ball schoss über die Seitenlinie ins Aus.

»Könnt ihr euch vielleicht mal konzentrieren!« Logisch, dass der Trainer das mitgekriegt hatte. Die drei wechselten kurz Blicke miteinander und machten die Übung für zwei Minuten mal so, wie der Alte sich das wahrscheinlich vorgestellt hatte, denn sicher beobachtete er sie jetzt.

Seit Murats Schwester kein Kopftuch mehr tragen will, ist sein Vater misstrauisch.

Seine kleine Schwester Nurgül fühlte sich bestimmt auch ständig beobachtet. Und er durfte es dann immer ausbaden. Als ob ihm das Spaß machen würde, ihr ständig auf den Fersen zu sein, weil sein Vater das so wollte. Allein der Riesenstress, als sie sich vor zwei Jahren von heute auf morgen entschieden hatte, das Kopftuch nicht mehr zu tragen. Was hatte Papa da getobt und Himmel und Hölle verrückt gemacht! Und seitdem traute er seiner Tochter irgendwie nicht mehr. Also durfte Murat ständig den Aufpasser machen. Klar kam er sich irgendwie auch blöd vor, wenn er ständig hinter seiner kleinen Schwester hermachte. Aber irgendwie begriff sie scheinbar auch nicht, dass sie eine

Verpflichtung der Familie gegenüber hatte; wenn ihr Vater schon erlaubte, das Kopftuch nicht mehr zu tragen, konnte sie doch wenigstens so tun, als ob sie sich seinen Anweisungen fügte. Aber nein, sie musste weiter auf Emanze machen! Letztens hatte er sie doch tatsächlich in der Schule erwischt, wie sie sich vor dem Unterricht noch schnell geschminkt hatte! Wenn Vater das mitkriegte, schnappte er über und schickte sie nach Hause zum Verheiraten. Für seine ältere Schwester Fatima war das ganz selbstverständlich gewesen; und Vater war vor Stolz fast geplatzt, weil der Sohn eines Werkstattbesitzers sich in seine Tochter verguckt hatte und nun um ihre Hand anhalten ließ! Zu Hause machte der Bräutigam das schließlich nicht selbst, sondern schickte jemanden, der beim Vater um die Hand der Braut bat.

Zu Hause; auch so ein komischer Ort. Wo war eigentlich »zu Hause«? Für Vater und Mutter bestimmt nicht hier. Seine Mutter vermied es auch noch nach fast dreißig Jahren im »Kartoffel-Land«, mit dem Bus oder der Straßenbahn zu fahren. Sie konnte nämlich kein Wort Deutsch. Die ganze Familie hatte sich schon hundert Mal bemüht, Mama zum Deutschlernen zu überreden. Aber sie wollte davon nichts wissen. Sie antwortete immer mit demselben Sprichwort: Wer mehr als eine Sprache spricht, hat mehr als ein Gesicht!

Und Vater war eigentlich mal für drei oder vier Jahre Arbeit hier hergekommen. Aber dann waren sie so zufrieden mit ihm gewesen, dass sein Betrieb dafür gesorgt hatte, dass er bleiben konnte; da hatte er Mama nachgeholt. Er war hier zur Welt gekommen und seine kleine Schwester auch. Die »Heimat«, das ferne Land Türkei, kannten die Kinder nur aus dem jährlichen Sommerurlaub. Türkisch konnten sie zwar sprechen, aber nur schlecht schreiben und lesen.

Die Türkei kennt Murat nur aus dem Urlaub.

Dann hatten sie Vater entlassen, da war Murat sechs gewesen oder so. Und Nurgül noch ganz klein. Er erinnerte sich noch sehr genau, wie sein Vater jeden Abend im Wohnzimmer rumgeschrien hatte, nichts hatte Mutter ihm recht machen können. Murat hatte sie oft gehört, wenn er schon im Bett lag. Dann war eines Tages sein Onkel zu Besuch gekommen; der hieß wie er: Murat. Von da an war Ruhe, ja, Vater lachte plötzlich sogar wieder. Etwa zwei Wochen später hatte Mutter ihn und Nurgül fein rausgeputzt – da hatte er seinen ersten Schlips bekommen! –, Vater hatte sie alle ins Auto gequetscht und dann waren sie durch die halbe Stadt gefahren. Sie hielten vor einem großen, etwas runtergekommenen Altbau, so ähnlich wie das Haus, in dem sie wohnten. Unten war ein leerer Laden. Vater zog stolz einen Schlüssel aus der Tasche und öffnete die Tür. Dann hatte er mit großer Geste verkündet: »Unser neues Reich!« Seit diesem Tag hatten sie einen Laden für Obst und Gemüse und was man sonst noch so braucht. Vater und Mutter standen dort Tag und Nacht. Oft hatten auch er und seine Schwester mitzuhelfen. Aber es ging ihnen gut, ziemlich gut sogar. Ein paar Jahre später hatte er dann verstanden, dass Onkel Murat Vater das Geld für die Eröffnung eines Geschäfts geliehen hatte.

»Du bist für deine Familie und deine Familie ist für dich!« Wie oft hatte Vater ihnen diesen Satz in den letzten Jahren eingehämmert. Leider vergaß er immer mit dazuzusagen, dass diese Sicherheit auch einen hohen Preis hatte; manchmal einen verdammt hohen.

Murat konnte nicht so einfach hingehen und ein Mädchen anquatschen, wenn sie ihm gefiel. Am Wochenende mit den Kumpels einen draufmachen, Bier oder sogar andere Sachen? Undenkbar! Sein Vater gab ihm Taschengeld, nicht wenig, das war selbstverständlich.

Seine Eltern finden es ganz normal, ihm eine Ehefrau auszusuchen.

Aber ebenso selbstverständlich erwartete er, dass er möglichst viel von seiner Zeit mit der Familie verbrachte und mithalf. Eines Tages würde Vater sicher nach Hause kommen und ihm eine Ehefrau ausgesucht haben. Eine Jungfrau aus der Türkei, gute Familie und mit etwas Geld. Dann würde er sich sein Abi über die Theke hängen können, um aus Vaters Obst- und Gemüseladen einen türkischen Supermarkt zu machen. Denn dass er Chemie studieren wollte, interessierte dabei wenig. Seine Familie würde der Meinung sein, dass ein Laden doch eher ein handfestes Einkommen für die jungen Eheleute und die sicher bald zu erwartenden Kinder bieten könnte.

Murat war schon klar, dass er sich nicht einfach gegen den Willen der Familie stellen konnte; schließlich hatten sie auch viel in ihn investiert und er war der einzige Sohn. Aber eine völlig Fremde aus der Türkei, also einem Land, das ihm selber völlig fremd war, kam auch nicht in Frage! Da wollte er über sein Leben schon selbst entscheiden, auch wenn er den Bruch mit der Familie riskierte. In der Türkei mochte das ja noch der Brauch sein. Fatima hatte schließlich auch den Mann geheiratet, den seine Eltern ihr ausgesucht hatten. Aber nicht hier in Deutschland. Hier liefen die Uhren anders und hier wollte er frei sein!

Er schnappte sich den Ball und dribbelte mit ihm los. Alex und Max mussten sich mächtig ins Zeug legen, um an ihm dranzubleiben.

So würde Murat es machen; nicht mehr zwischen zwei Welten hin und her rennen. Er wollte selbst die Führung übernehmen und bestimmen, wo es langging. Dafür würde er in Kauf nehmen, dass es ordentlich Geschrei auf beiden Seiten gab, wie jetzt von seinen Mitspielern, die ihn nicht mehr einholten.

»sinnig zwischen zwei welten ...«

herkunft, identität

Sinnig zwischen beiden Welten
Sich zu wiegen lass' ich gelten.
Also zwischen Ost und Westen
Sich bewegen, sei zum Besten.

Goethe, West-östlicher Divan

Wer bin ich?

Murat steht mit den Einsichten in sein Leben nicht alleine da. Viele Jungen aus Familien nichtdeutscher Herkunft erleben irgendwann einmal eine ähnliche Situation. Manchmal ist das ein langsamer Prozess, manchmal eine schlagartige Erkenntnis. Die meisten sind dann verunsichert. Sie sind in einer Welt aufgewachsen, in der Selbstbestimmung und eigene Gefühle zurückstehen hinter Gehorsam und Respekt gegenüber den Älteren, in erster Linie den eigenen Eltern. Aus ihrer eigenen Erfahrung wissen sie aber auch, dass die Familie jederzeit für sie da ist und dass sie ihr genauso vertrauen und sich auf sie verlassen können, wie ihre Familie sich auf sie verlässt. Bis in die Pubertät hinein, also bis zu dem Zeitpunkt, wo alle Jugendlichen beginnen, eigene Vorstellungen vom Leben zu entwickeln und diese umzusetzen, gibt es meist keine Probleme. Erst dann, wenn die eigenen Wünsche plötzlich mit den Plänen der Familie nicht mehr übereinstimmen – sei das beim Berufswunsch, beim Wunsch nach einer eigenen Wohnung oder bei der Partnerwahl –, wird vielen Jungen aus nichtdeutschen Familien bewusst, dass sie in einer anderen Welt leben als ihre deutschen Freunde im gleichen Alter.

Was will ich?

In diesem Fall ist es sicher richtig und notwendig, sich zunächst darüber klar zu werden, welche Wünsche und Vorstellungen das eigene Leben bestimmen sollen. Manchmal können das konkret formulierte Ziele sein (»*Ich* wähle meinen Beruf«, »*Ich will* meine Freundin selbst aussuchen« etc.). In vielen Fällen sind die Wünsche aber nicht so konkret und es geht einem in erster Linie darum, mehr Freiheiten zu haben. Also zum Beispiel selbst bestimmen zu können, wie lange man abends wegbleibt oder mit wem man sich verabredet. Solche Freiheiten werden oft auch als notwendig empfunden, um sich auszuprobieren und Neues kennen zu lernen.

Wie kann ich das erreichen?

Vielen Jungen nichtdeutscher Herkunft fällt es jedoch nicht so leicht, solche Wünsche zu formulieren und für sich umzusetzen. Ihre Erziehung, die wir weiter oben kurz beschrieben haben, beruht insbesondere auf der *Loyalität*, d.h. dem festen Zusammenhalt mit der Familie. Für sich selbst Freiheiten von dieser Familie einzufordern, erleben diese Jungen dann unter Umständen als Verrat an den Menschen, die sie lieben. Manchmal wird auch von der Familie Druck ausgeübt und die Jungen haben dann das Gefühl, sie müssten sich *für* das eine und *gegen* das andere entscheiden. Also beispielsweise *für* die Kultur der Deutschen und *gegen* die Kultur ihrer eigenen Familie. Und genau da geraten sie in einen kaum lösbaren Konflikt.

Muss man sich zwischen zwei Kulturen entscheiden?

Ein Ausweg kann in dieser Situation darin bestehen, die beiden Lebenswelten miteinander in Einklang zu bringen, also *sowohl* das eine *als auch* das andere zu leben.

Wie auch Murat merkt, ist für die Lösung dieser Aufgabe die Auseinandersetzung mit den Vätern und ihren Wünschen besonders wichtig. Bevor aber der Weg einer direkten Konfrontation eingeschlagen wird, kann man sich Unterstützung holen, indem man mit Freunden, vielleicht sogar gerade mit den Deutschen, über ihre eigene Situation spricht. Denn natürlich müssen auch sie bestimmten Wünschen und Vorstellungen ihrer Eltern gerecht werden. Wenn es sich aber gar nicht vermeiden lässt, dass es zu Hause Ärger gibt, ist es gut, ein paar Beziehungsregeln im Hinterkopf zu haben, wie sie in den Kapiteln 3 und 11 stehen.

Auch viele deutsche Jungs haben mit den Erwartungen ihrer Eltern Schwierigkeiten.

Wenn trotz aller Bemühungen die Auseinandersetzungen zu keinem Ergebnis führen oder vielleicht sogar Gewalt ins Spiel kommt, kann man sich Hilfe in einer Jugend- und Familienberatungsstelle holen.

10 vom umgang mit gewalt

»Woran denkste?«
»Jonas hat heute Verhandlung ...«
»Mmh ..., schöner Salat. Aber warum hat er den Typen nicht einfach gegeben, was sie wollten, und fertig?«
»Na, du bist ja drauf! Weißt doch, wie das ist: Du gibst den Idioten deine Sachen, lässt dich abziehen wie so'n kleiner Junge und dann gibt's zum Abschied noch ein paar aufs Maul, weil man ja schon so schön blöd dasteht; na danke!«
»Haste auch wieder recht ...«
»Außerdem war es doch nicht das erste Mal. Wahrscheinlich hatte er einfach genug, ewig das Opfer zu spielen. Kratzt bestimmt voll am Selbstbewusstsein, wenn du dich so abziehen lassen musst.«
Tim kam übers Feld und ließ sich auch auf die Ersatzbank fallen.
»Worüber redet ihr?«
»Ach, über Jonas. Hat heute Verhandlung.«
»Ach so.« Die Sache schien Tim nicht weiter zu interessieren.
»Hä?! Ist dir voll egal oder was?«

Hat Jonas den Überfall mit seinem Verhalten provoziert?

»Nö, aber jeder kriegt, was er bestellt. Und wenn Jonas so blöd ist, immer wieder dieselbe Strecke durch den Park zu nehmen ...«
»Müssen wir jetzt schon unseren Heimweg nach den Standorten von so Abzugs-Pennern aussuchen, oder was?«
»Nu mal halblang: Du willst mir doch nicht erzählen, dass Jonas so aus Zufall viermal an der gleichen Stelle abgezogen wurde? Spätestens beim zweiten Mal könnte man ja vielleicht mit Denken anfangen. Und außerdem ist der ja wohl einer der Letzten, die sich wundern

müssen, wenn sie abgerippt werden: Macht den Larry mit fetter Kohle und Klamotten, immer das neueste Handy und wenn er immer über Hamid und Konsorten herzieht, muss er sich auch nicht wundern, wenn was passiert.«

»Hä ...?«

»Ich mein ja nur. Mein Meister ...«

»Oh nee, jetzt kommt der wieder mit seinem Billig-Buddha aus'm Kampfsport!« Max verdrehte die Augen.

»Ey Alter«, Tim boxte Max, »Kendo is' nicht billig!« Kendo war so eine Art japanischer Schwertkampf ohne Schwerter, das Tim seit zwei Jahren einmal in der Woche machte.

»Also, mein Meister sagt: Keine Aktion ohne Reaktion; jede Ursache hat eine Wirkung.«

»Ah ja ... und wenn meine Nase also irgendwem nicht passt, muss ich damit rechnen, abgezogen zu werden. Toll!«

»Du bist dämlich! Aber dass Typen, die ständig runtergemacht werden, sich irgendwann mal wehren, ist doch klar, oder? Und dann ist es ziemlich wurst, ob der, den sie sich dafür aussuchen, direkt was damit zu tun hat oder nicht.«

Manche Jungs benutzen Gewalt, um sich dadurch besser zu fühlen.

»Ja, Hauptsache, er ist kleiner und schwächer, damit sich diese Penner auch sicher sein können, nicht ihrerseits eine aufs Maul zu kriegen.« Max wurde immer sarkastisch, wenn ihn etwas besonders aufregte.

»Es hat keiner gesagt, dass Abziehen eine Frage der Ehre und Fairness ist; warum sollte es auch? Stell dir mal vor, du bemühst dich und machst und tust und kriegst doch nur immer eine reingewürgt, weil du die falschen Klamotten, die falschen Freunde oder einfach nur den falschen Namen hast. Da gehst du abends nicht in den Park oder die S-Bahn, suchst dir wen aus

und sagst: Entschuldigung, kann ich bitte deine Jacke haben, damit ich mich nicht mehr so scheiße fühle?«
»Alter, dein Billig-Buddha führt zu Hirnerweichung! Mir passiert so was nicht; ich kauf mir 'ne Knarre und gut is'! Das überlegen sich so Penner zweimal, dir die Jacke abzuziehen, wenn du ihnen eine Kanone unter die Nase hältst.«
»Tolle Idee! Und am Ende haste dann auch so 'n Date wie Jonas heute, ja?!«
Max fühlte sich von Tims Argumenten in die Ecke gedrängt. Er stupste Benni in die Seite, der schon die ganze Zeit neben ihm saß und stumm auf den Boden starrte.
»Ich hab einen neuen Song«, sagte Benni. Zusammen mit zwei Kumpeln machte Benni nämlich Rap; unter dem Namen *Wordbutcher* waren sie in ein paar Jugendclubs des Bezirks schon ein bisschen bekannt. Er begann, mit seinen Handflächen einen ungefähren Rhythmus auf den Oberschenkeln anzudeuten. Dann fing er an:

Du lebst nur, was du selbst erfahren hast.
Nur wer selbst auf die Fresse kriegt, zieht andre ab.
Sich zu wehren, sei eine Frage der Ehre,
sagt mir einer, der meine Jacke braucht,
damit es ihm besser geht.

Wer Wind sät, der erntet Sturm.
Wer abzieht, damit es ihm besser geht,
hat schon auf der ganzen Linie verlorn.

Sich zu holen, was man begehrt,
von einem, der sich niemals wehrt,
ist das Recht der Faust bei denen, die nicht kapiern,
dass sie von Kick zu Kick verliern.

Alter, was du tust, ist krass
und ich geb dir jetzt mal das:
Wie man in den Wald hineinruft,
so kommt's daraus meistens wieder.
Die Scheiße, die du machst,
macht dich irgendwann mal nieder!

Wer nicht schnallt und nicht checkt,
dass ein Tritt den andern nachzieht,
braucht sich dann auch nicht zu wundern,
dass man ihn nicht ansieht.

Stinkt dir also mal das Setting,
in dem du zu nichts kommst,
Alter, nutz mal fett den Schädel,
Alter, nutze mal dein Hirn.
Sich zu wehrn, heißt für sich einstehn
und nicht einfach nur zum Abrippen in den Park gehn.
Dein Frust gehört dahin, woher er herkam,
alles andre, sag ich dir, is krasser Blödkram!

Ändre das, was dir stinkt,
hau nicht andren auf die Fresse,
denn Gewalt zu übernehm',
integriert nur ins System.

Wer Wind sät ...

»Na, sehr schön. Und was hilft das Jonas?« Max wurde wieder mal sarkastisch.
»Jonas hilft das im Moment konkret gar nichts«, antwortete Benni, »aber vielleicht hilft's ihm für die Zukunft.«
»Wie geht's eigentlich dem Typen, dem Jonas das Messer in den Bauch gerammt hat?«
»Inzwischen wohl wieder einigermaßen. Läuft wohl noch mit 'nem Beutel rum.«

»Mit einem Beutel?« Benni guckte verständnislos.
Tim verpasste ihm eine freundschaftliche Kopfnuss: »Mensch Benni! Fürs Häufchen; nix Schüssel, weil Darm erst mal kaputt und heilen muss!«
»Krass.« Benni wurde ziemlich mulmig bei der Vorstellung.

»Wer sich nicht wehrt, lebt verkehrt«

strategien, konsequenzen

Für die meisten Jungen, die in einer größeren Stadt leben, zählt das, was Jonas zugestoßen ist, zum Alltag. Für viele ist die Bedrohung gegenwärtig, auf dem Schulweg, in der Schule, aber auch im Wohnviertel von einer Gruppe Gleichaltriger »abgezogen« oder »abgerippt« zu werden: Geld und andere Wertsachen herausrücken und damit rechnen zu müssen, bespuckt, geschlagen und gedemütigt zu werden.

Kann man dagegen etwas tun oder ist man hilflos der Gewalt anderer ausgeliefert?

Was du tun kannst, wenn andere dich »abziehen« wollen.

Hier haben wir einige Tipps von Jungen zusammengefasst, die einmal oder auch öfters in solche Situationen geraten sind:

- Eine gute Sicherheit vor dem »Abziehen« ist eine größere Gruppe. Denn die »Abzieher« suchen sich immer nur Situationen, in denen sie zahlenmäßig überlegen sind. So flößen sie dem Opfer mehr Angst ein und laufen selber nicht Gefahr, Schläge einstecken zu müssen.
- Größere Sicherheit vor Übergriffen bieten Orte, an denen sich viele Menschen aufhalten. Wenn man alleine unterwegs ist, sollte der Weg so gewählt werden, dass er möglichst durch belebte Straßen führt, auch wenn dies ein Umweg ist und vielleicht mehr Zeit braucht.
- Passiert es einem doch und ahnt man, dass Gefahr droht, »abgezogen« zu werden, wenn zum Beispiel eine Gruppe von Jungen gelangweilt herumsitzt und einen beobachtet oder hinter einem hergeht, dann gilt es, sofort einen Fluchtweg (belebte Straße, Einkaufsladen oder U-Bahn-Station) zu finden und abzuhauen. Lautes *Hilferufen* hilft, die Gruppe auf Distanz zu halten. (Wem

»Hilfe!« peinlich ist, kann auch »Feuer!« rufen.) Unter Umständen brechen sie auch die Verfolgung ab, weil sie befürchten müssen, dass andere zu Hilfe kommen und sie die Auseinandersetzung verlieren könnten.

Gut ist, sich anders zu verhalten, als es die Angreifer erwarten.

- Wenn eine Flucht aussichtslos ist, ist es günstig, *als Erster* die Gruppe anzusprechen. Beispielsweise sich umzudrehen, auf sie zuzugehen und sie etwas Belangloses zu fragen. Dabei sind Fragen nach der Zeit, nach dem Weg oder nach Feuer sehr hilfreich. Die Gruppe ist auf dieses Verhalten meist nicht vorbereitet. Das *aktive* und *selbstbewusste* Auftreten des »Gejagten« entspricht nicht ihrer Vorstellung von einem Opfer. Die Gruppe spürt ihre Dominanz nicht mehr; den entscheidenden »Kick«, um andere »abzuziehen«. Nach Ansicht der von uns befragten Jungen funktioniert dieser »Überraschungseffekt« in der Regel und die Gruppe lässt von einem ab.
- Schnappt die Falle zu und ist die Gruppe schneller im Bestimmen der Spielregeln, dann ist die Situation für das Opfer meist so aussichtslos, dass es besser ist, die Anweisungen der »Abzieher« zu befolgen, um einigermaßen heil und unbeschadet wieder aus der Situation herauszukommen. In diesem Fall ist es besser, an die eigene *Gesundheit* als an die Ehre zu denken. Dabei ist es wichtig, in der Begegnung *ruhig* zu bleiben, *bestimmt* aufzutreten und der Aufforderung, *alles* herauszugeben, nachzukommen. Oft werden die Opfer von den Tätern nach der Herausgabe von Handy und Geld noch einmal durchsucht. Sollten sie dann noch etwas finden, was das Opfer verstecken wollte, kann das dazu führen, dass es erst recht Schläge setzt. Also besser nicht lügen!
- Am wichtigsten ist aber ein selbstbewusstes Auftreten des Angegriffenen! Wenn die Gruppe nämlich merkt, dass das Opfer so sehr mit Angst reagiert, dass sie das

Gefühl haben, sie könnten mit ihm machen, was sie wollen, kann das unter Umständen den in der Gruppe vorhandenen Sadismus erst recht freisetzen.

- Viele Jungs versuchen, sich zu verteidigen, indem sie sich bewaffnen (Messer, Gaspistole, aber auch scharfe Waffen). So ein Ding in der Tasche verleiht ihnen zunächst ein schönes Gefühl der Sicherheit. Diese Jungen übersehen allerdings zwei Punkte: Erstens muss man mit so einer Waffe umgehen können, wenn man sich effektiv verteidigen will. Zweitens kann die Waffe des Opfers von der Gruppe bzw. deren Anführer als eine besondere Herausforderung wahrgenommen werden (Kampf Mann gegen Mann). Außerdem ist die Waffe selber eine wertvolle Beute für die »Abzieher«, die daher unnötige Gewalt nach sich ziehen kann, um in den Besitz zu gelangen.

Eine Waffe, die du nicht beherrschst, wird schnell eine Waffe gegen dich.

- Die sinnvollste Methode der Auseinandersetzung mit der Gefahr des »Abziehens« ist sicher der Besuch eines Kurses zur Selbstverteidigung. Viele Jungen denken, dass das Ziel eines solchen Kurses in erster Linie das Erlernen von Techniken zur Ausschaltung des Gegners sei. Das ist aber nur die halbe Wahrheit. Vor allem geht es darum, selbstbewusstes Auftreten zu trainieren. Die Techniken sollen Sicherheit vermitteln, indem man lernt, wie man einer Attacke im Ernstfall mit einer angemessenen Verteidigung begegnen kann. Das ist auch der beste Schutz, um die unangenehmen Folgen einer Eskalation, wie im Fall von Jonas, zu vermeiden.
- Bei allen Gewalterfahrungen ist es gut, mit Freunden darüber zu sprechen. In den seltensten Fällen sind Täter und Opfer einander völlig unbekannt. In der Regel haben beide sich zumindest schon einmal von weitem gesehen (selbe Schule, Jugendclub etc.). Manchmal kann der Angriff auch abgebogen werden, indem das Opfer einen aus der Gruppe anspricht (*Bist du nicht der und*

der oder der Bruder von sowieso ...). Unter Umständen erhält man seine Sachen auch zurück, weil man zufällig jemanden kennt, vor dem die »Abzieher« Respekt haben.

- Wenn man niemanden hat, ist es überhaupt *nicht feige*, sich an Eltern/Lehrer und gegebenenfalls auch an die Polizei zu wenden, um sich Hilfe zu holen!

11 ohne fleiß kein preis?

Max stand unter der Dusche. Das heiße Wasser lief über seinen Kopf, seinen Körper und erzeugte ein Geräusch in ihm, das alle anderen Geräusche zudeckte. Wenn er die Augen zumachte, war es, als gäbe es nur ihn und das Rauschen des Wassers. Keine Dusche, keinen Sportplatz, keine Schule, keine Eltern. Nur ihn und das Wasser.

Von außen wurde heftig gegen die Tür geboxt. »Schmiedinger, hol dir zu Hause einen runter. Ich will auch noch duschen!« Tim war doch echt ein Idiot. Max drehte das Wasser ab und machte die Dusche frei. Beim Abtrocknen waren seine Gedanken gleich wieder bei der Physik-Klausur von morgen: Also, wenn die elektrische Ladung von A nach B ... Unvermittelt betrachtete Max sein Gesicht im Spiegel. War er das? Max Schmiedinger, der Vorzeigeschüler der Lehrer, der Stolz seiner Eltern, der das Abi ein Jahr früher als alle anderen machen würde und trotzdem noch Klavier lernte und zweimal die Woche zum Fußballtraining ging? War das wirklich *sein* Gesicht?

Zack! »Na, siehste Gespenster?!« Tim hatte ihm im Vorbeigehen eine Kopfnuss verpasst. Max holte mit dem Handtuch aus, verfehlte ihn aber.

Er zog sich an, setzte sich aufs Fahrrad und fuhr nach Hause. Er musste noch Französisch lernen und wollte noch was nachschlagen für Geschichte.

»Immer schön fleißig sein!« Als ob das alles wäre! Klar wäre es toll, nach der Schule einen guten Studienplatz zu kriegen und später einen tollen Job zu haben mit viel Knete. Aber ging das nicht auch einfacher? Und überhaupt: Knete, Knete, Knete. Das schien alles zu sein, woran seine Eltern denken konnten. Stefans Vater

Den Eltern von Max geht es bei allem anscheinend immer nur um Geld.

war jedes Wochenende bei jedem Wetter mit auf dem Platz; manchmal war sogar Stefans Mutter dabei. Seine Eltern waren noch nie da gewesen, nicht mal, als die Mannschaft letztes Jahr um die Bezirksmeisterschaft gespielt hatte. Ja sicher, Stefans Vater war arbeitslos und hatte schließlich Zeit. Wenn Max' Vater das sagte, klang es, als wäre Arbeitslosigkeit eine Art ansteckende Krankheit, an der man selber schuld war. So eine Art »moralischer Webfehler«, den es zu vermeiden galt, indem man viel und lange lernte, um später noch viel mehr und noch länger zu arbeiten.

Max wurde sauer. Jedes Mal, wenn er darüber nachdachte, drehte ihm die bekloppte Weltsicht seiner Eltern den Magen um. Dem würde er jetzt mal einen kleinen Riegel vorschieben. Da vorne war *Rudolphos,* das kleine italienische Café.

Nix da mit Lernen und Lesen. Jetzt erst mal einen Eiskaffee, basta! Die französischen Verben – die konnten auch noch eine halbe Stunde warten und in Geschichte würde er morgen schon keine Sechs kassieren, weil er die Lebensdaten des französischen Außenministers Clemenceau nicht wusste.

Max schloss sein Fahrrad an den Ständer. »Ah, il professore Max! Was darf es sein?« Rudolpho hatte diese blöde Angewohnheit, ihn »professore« zu nennen. Sicher erzählte ihm Cinzia, seine Tochter, immer, dass er nur Einser und Zweier nach Hause brachte.

»Einen Eiskaffee, per favore!« Ätsch; Max hatte sich nämlich schlau gemacht, was »Bitte« auf Italienisch hieß.

Er suchte sich einen Tisch. Und leistete sich den »Luxus«, einfach den Leuten auf der Straße zuzusehen. Seine Alten würden bestimmt im Quadrat springen, wenn sie sehen könnten, wie er hier »faul rumsaß«!

»Einen Eiskaffee«, Max schreckte hoch. Cinzia stellte

ihm den Eiskaffee hin. Sie hatte noch einen zweiten auf dem Tablett. Den stellte sie daneben.
»Ich hab gerade Pause«, sagte sie und setzte sich zu ihm. Sie war schon süß. »Ich dachte«, sie nahm einen Schluck, »du bist nur zu Hause und lernst.« Ihr Lächeln war schnuckelig.
»Aaach«, Max hatte das Gefühl, rot bis sonst wohin zu werden, »ich hatte einfach mal genug, mir immer anzuhören: *Tu dies, tu das. Schließlich sollst du es mal besser haben!*«
»Oh ja, dass kenne ich«, seufzte Cinzia und verdrehte die Augen gen Himmel. »Mein Vater steht auch von morgens bis abends im Café und arbeitet bis zum Umfallen. Wenn ich ihn mal sehen will, muss ich hier die Aushilfe machen. Und alles«, sie guckten einander an, lachten und sagten wie aus einem Munde: »Damit wir es mal besser haben!«
»Vielleicht sind die Erwachsenen so«, Max rührte gedankenverloren die Sahne in den Kaffee. »Meine Oma erzählt immer, dass sie nach dem Krieg nix hatten und alles wieder aufbauen mussten und so. Vielleicht kriegt man da einen Knacks und denkt, man müsse Geld haben und arbeiten bis zum Umfallen, wer weiß.«
»Echt?« Cinzia hatte aufgehört zu trinken. »Mein Vater erzählt uns immer so was Ähnliches; wie er 1961 hier nur mit einem Koffer ankam und nur mit viel Arbeit das alles aufbauen konnte. Manchmal denk ich, unsere Alten kapieren einfach nicht, dass das hier das 21. Jahrhundert ist! Mein Vater flippt völlig aus, wenn ich ihn frage, wozu ich diesen ganzen Blödsinn in der Schule lernen soll. Oder kannst du mir sagen, was ich von diesem Elektronen-Blödsinn später mal habe, den wir gerade in Physik machen? Hast du eigentlich dieses Magazin gelesen, das der Berufsberater uns letzte Woche in die Hand gedrückt hat? Da stand, um heute Karriere

Die Welt, in der die Eltern von Max und Cinzia groß wurden, war eine ganz andere als heute.

zu machen, solltest du Teamgeist haben, kreativ sein und ungewöhnliche Wege einschlagen wollen! Manchmal habe ich das Gefühl, dass ich zweihundert Jahre altes Wissen mitbringe und Teamarbeit höchstens vom Beschiss bei Klausuren kenne.«
»Ja, und obendrein haben wir auch noch Eltern, die von uns erwarten, dass wir freudestrahlend und dankbar ihr Eigenheim oder die Firma übernehmen! Das ist doch verrückt!« Max lachte. Cinzias Augen funkelten; sie sah toll aus, wenn sie wütend war.
Ihr Vater rief irgendwas Italienisches von hinten. Cinzia stand auf und stellte die leeren Gläser aufs Tablett.
»Gehn wir morgen Abend ins Kino?« Max fiel fast rückwärts vom Stuhl; Cinzia, die schöne Cinzia fragte *ihn*, ihn, Max Schmiedinger, ob er mit ihr ins Kino gehen *würde*! Klar würde er! Klasse, endlich mal kein: Du solltest, du könntest, du müsstest mich mal ins Kino einladen. Sondern: Ich hab Lust, gehst du mit?
»Ja. Ja, klar ... äh, ich meine, gern! Wann soll ich dich abholen?« Sie machten was ab. Der Eiskaffee ging übrigens aufs Haus.
Max fuhr nach Hause, als hätte er mindestens ein großes Bier getrunken. Als er zu Hause die Tür aufschloss, hörte er als Erstes seinen Vater aus dem Büro – ja, der Herr Schmiedinger hatte sogar ein Büro daheim – nörgeln: »Mein Gott, wo warst du denn wieder? Weißt du, wie spät es ist? Hast du nichts zu tun? Wie willst du eigentlich je an die Uni kommen, wenn du deine Zeit nicht nutzt? Was soll bloß aus dir werden?!«
Ja, was sollte bloß aus ihm werden? Einen Moment überlegte Max, ob er sich mit seinem Vater anlegen sollte, indem er zurückfragte: »Mensch Papa, was ist bloß aus *dir* geworden?«
Er entschied sich aber, dass Stress jetzt nicht angesagt war, und verzog sich auf sein Zimmer.

»du sollst es mal besser haben«

selbstverwirklichung, wertvorstellungen

Wäre Max an diesem Abend nach der Begegnung mit Cinzia nicht so glücklich gewesen, sondern eher genervt oder gereizt, hätte der Abend zu Hause auch ganz anders enden können. Denn die Frage »Mensch Papa, was ist bloß aus dir geworden?« reicht in neun von zehn Fällen aus, damit die Luft brennt und es zu einem Streit kommt.

Viele Väter und Mütter übertragen ihre Lebenserfahrungen auf ihre Kinder. Oft werden auch die eigenen ungelebten oder unerfüllten Wünsche und Vorstellungen vom Leben an die Kinder herangetragen und wird alles versucht, dass diese sie stellvertretend für die Eltern erfüllen. Die Kinder werden zu Hoffnungsträgern für ein Leben gemacht, das die Mütter und Väter für sich selbst aus vielerlei Gründen nicht verwirklichen konnten.

Was heißt das konkret?

Viele Eltern wollen, dass ihre Kinder das erreichen, was ihnen selbst nicht möglich war.

Ein einfaches Beispiel ist der Vater, der als Junge alles gegeben hätte, um in einer Fußballmannschaft zu spielen. Vielleicht war er aber zu wenig talentiert, vielleicht fehlte ihm die Zeit zum Training, vielleicht hatten die Eltern andere Vorstellungen von einem »seriösen« Beruf. Sein Sohn soll nun unbedingt ein guter Fußballer werden, auch wenn der gar keine Lust dazu hat. Oder Max' Vater: Es kann sein, dass er als Jugendlicher nicht studieren durfte, weil ihm dafür zu Hause die Unterstützung fehlte. Als Reaktion darauf entschloss er sich, hart zu arbeiten und viel Geld zu verdienen, damit seine Kinder es einmal besser haben würden als er. Es ist womöglich sein größter Wunsch, Max ein Studium zu ermöglichen. Und so ähnlich wird wohl auch Cinzias Vater gedacht haben. Aber, wie gesagt, die Gründe dafür können sehr vielfältig sein.

Zusätzlich zu den persönlichen Erfahrungen prägen auch so genannte »Glaubenssätze« tief die Lebenseinstellung eines jeden Menschen. Ein »Glaubenssatz« ist so ähnlich wie ein Motto, also ein Satz, der die Einstellung eines Menschen gegenüber dem Leben zusammenfasst. Die Macht dieses Mottos über das Verhalten und die Wahrnehmung ist manchmal so stark, dass diese Beeinflussung gar nicht mehr wahrgenommen wird. Es entsteht die felsenfeste Überzeugung, dass die Welt nur so und nicht anders funktioniert. Viele Menschen sind sich ihrer Glaubenssätze auch deshalb nicht bewusst, da diese oftmals in der Familie unausgesprochen von einer zur anderen Generation weitergegeben werden. In unserer westlichen Welt sind leistungsbezogene Glaubenssätze weit verbreitet:

- Ohne Fleiß kein Preis!
- Nicht locker lassen gewinnt!
- Das Leben ist kein Rastplatz!
- Um geliebt zu werden, muss ich Leistung erbringen!

Rumsitzen, abhängen, Fernsehen gucken verstehen dann die Eltern, die solche Sätze für sich unterschreiben können, als unnütze Aktivitäten. Für sie muss sogar die Freizeit organisiert sein. Sie können sich nicht vorstellen, dass es Spaß machen kann, einfach einmal nichts zu tun, Faulheit für Körper und Geist äußerst erholsam ist und ebenso zu guten Schulnoten beitragen kann.
Das »Rumhängen« ihrer Söhne erleben sie als eine Abweichung von ihrer Lebenshaltung und als einen Angriff auf ihre Persönlichkeit. Sie haben das Gefühl, dass sie auf vieles verzichten mussten – was zweifellos oft stimmt –, um die Familie finanziell dahin zu führen, wo sie steht, oder, um zum Vater von Max zurückzukommen, ihrem Sohn ein Studium ohne finanzielle Sorgen zu ermöglichen. Sie fühlen sich in ihrer Leistung nicht anerkannt.

Oft kommt es dann zum Streit zwischen den Eltern und ihren Söhnen. Auf beiden Seiten wird mit Vorwürfen nicht gespart. Die Söhne sind genervt, wenn sie dauernd hören müssen, wie undankbar sie doch sind, weil die Eltern sich *nur ihretwegen* so abrackern – was in den wenigsten Fällen zutrifft (siehe Lebenserfahrung und Glaubenssätze der Eltern) – und sie ja für ihre Kinder nur das Beste wollen.

Die Eltern wiederum sind beleidigt, wenn sie als kopflose Spießer hingestellt werden und sich anhören müssen: »Ich bin nicht gefragt worden, ob ich geboren werden will oder nicht; also haltet den Mund!«

Diese Streitereien führen – außer dass die Luft zu Hause brennt – oftmals nicht weiter. Sie sind für beide Seiten anstrengend und nervenaufreibend und führen zu keinem Ergebnis.

Was tun, wenn Vater oder Mutter nerven oder schlechte Luft zu Hause ist und sich Streit ankündigt? Hier einige Vorschläge, wie das eigene Verhalten seinen Teil dazu beitragen kann, Streit abzuwenden oder abzukürzen:

❶ Abwägen: Wie stark stören mich die Vorhaltungen? Manchmal gelingt es, den Vorhaltungen *auszuweichen* und sich zurückzuziehen, so wie es Max gemacht hat. Altes Sprichwort: Der Klügere gibt nach!

❷ Streit entsteht oft durch Vorhaltungen auf beiden Seiten; vielleicht ist es in der einen oder der anderen Situation auch möglich, sich für die *eigenen* Vorwürfe zu entschuldigen und dadurch unnötigem Streit aus dem Weg zu gehen.

❸ Wenn es doch zum Streit kommt, *konkret* die Situation ansprechen, die einen stört.
Zum Beispiel:

Ich bin wütend/Ich ärgere mich/Ich bin sauer, dass du mir *jetzt* vorhältst, dass ich faul herumliege. Ich mache gerade ...
Und nicht:
Du nervst! *Nie* lässt du mich in Ruhe! *Immer* muss ich was machen!

❹ Wenn der Streit in die bereits bekannten Vorwürfe abgleitet, kann es besser sein, das Gespräch abzubrechen.

Um die Eltern besser zu verstehen, kann es auch hilfreich sein, sie über ihr eigenes Leben zu befragen. Zum Beispiel: Wie hast du gelebt, als du jung warst? Worüber hast du dich am meisten gefreut? Was war dein Traum?
Viele Erwachsene nehmen so ein Angebot gerne an. Sie erleben, dass ihre Erfahrungen, die sie gemacht haben, Anerkennung finden und das hat schließlich jeder gern.

TOUCHÉ
by ©TOM
HASSEMALNEMARK?
WIE WÄRS DENN MIT ARBEITEN?
SIE HAMM' ARBEIT FÜR MICH?
ARBEIT?
?
ARBEIT?
ARBEIT?
ARBEIT?
ARBEIT?
ARBEIT!
ARBEIT!
CHEF! WARTENSE!
ARBEIT!
ARBEIT!
HE! HIER! ARBEIT!
ARBEIT!
©TOM

12 ein blick von der anderen seite

Samstag, es ist 14.15 Uhr. Das Spiel hat gerade begonnen. Heute spielen die Jungs auf dem Platz am Betrachterweg. Melanie, Cinzia und Mahide haben sich von ihren Jungs überreden lassen, diesmal dabei zu sein. Wenigstens gibt's hier nämlich Sitzbänke und die Mädchen müssen nicht die ganze Zeit stehen. Wie sich das gehört, haben die Jungs ihnen eine Runde Cola spendiert. Jetzt sitzen die drei und gucken den Jungen zu, wie sie über den Platz rennen und versuchen, Tore zu schießen. Sabine wollte eigentlich auch kommen. Aber weit und breit ist nichts von ihr zu sehen.

»Ohh, öde, öde, öde!!! Habt ihr kapiert, was die Jungs an ihrem Fußball so toll finden?«

»Nö, aber wenigstens waren sie mal spendabel.«

»Das kannste laut sagen! Meiner ist so geizig, da kann ich jedes Eis selber zahlen.«

»Guck mal, der da von den anderen mit der Nummer 6 hat 'nen süßen Hintern.«

»Lass das, Melanie, Mahide wird schon wieder rot.«

»Gar nicht wahr!«

»Wohl! Na ja, wenigstens ist deiner treu.«

»Wieso, hat deiner mit 'ner andern?!«

»Nee, aber bei den Jungs weiß man doch nie ...«

»Genau, die denken, dass sie ihre Männlichkeit ständig beweisen müssten.«

Viele Jungs tun sich schwer, mit dem Ex ihrer Freundin umzugehen.

»Also, ich bin bestimmt die Einzige. So was macht Murat nicht!«

»Wie war das eigentlich letzten Samstag noch mit Martin und Stefan?«

»Oh, erinnere mich bloß nicht daran! Wie die Gockel!!! Hätte nicht viel gefehlt und die hätten sich gekloppt! Wieso fangen die immer an zu spinnen, wenn sie einen

Ex von dir kennen lernen, kannste mir das mal erklären?«
»Ist doch logisch. Er hat Angst, dass dein Ex besser sein könnte als er selber.«
»Mahide nun wieder, mit ihrer orientalischen Weisheit! Wenn ich es bei meinem Ex besser gehabt hätte, wäre ich doch da geblieben, oder?«
»Ja sicher, aber das kapieren Jungs eben einfach nicht. Die denken, dass jeder besser gewesen sein könnte als sie.«
»Ach so, und darum hauen sie sich dann, um dir ihre Männlichkeit zu beweisen, oder wie?!«
»Ja.«
»Der sieht wirklich süß aus, der mit der Nummer 6.«
»Der ist bestimmt schwul!«
»Wie kommste denn jetzt darauf?!«
»Ist doch immer so. Die wirklich Netten sind entweder längst vergeben oder schwul.«
»Ist dein Stefan etwa nicht süß?«
»Doch, schon, aber dafür anstrengend. Bei jedem kleinen Pieps geht der in die Luft. Und reden kannste mit dem auch nur unter Zwang.«
»Ein Mann redet nicht, ein Mann handelt.«
»Na toll! Das ist vielleicht bei euch so. Hier bei uns wollen wir schon, dass unsere Männer mit uns reden; jedenfalls hin und wieder.«
»Wie war es denn mit Max im Kino?«
»Oh du, so süß! Der hatte die Karten vorbestellt und einen Rieseneimer Popcorn und Cola, bis zum Umfallen. Hat bestimmt sein ganzes Taschengeld gekostet. Und hinterher waren wir noch was trinken und da hat er mir eine Rose geschenkt.«
»Unglaublich!«
»Aber wahr!«
»Guck mal, da kommt Sabine.«

»Hallo.«
»Hallo, was ist dir denn über die Leber gelaufen?«
»Ach nix.«
»Dein Olaf hat schon zwei Tore geschossen!«
»Mmh ...«
»Habt ihr euch gestritten, oder was?«
»Komm, lass sie. Siehst doch, dass es ihr nicht gut geht.«
»Haste deine Tage?«
»Nein ... eben nicht ...«
»Was? Was?!«
»Ja ...«
»Mahide, du musst jetzt nicht auch noch gleich blass werden ...«
»Aber, wie konnte ...«
»Na, wie schon!«
»Na super! Jetzt kann der Kerl mal seine Männlichkeit beweisen.«
»Hoffentlich ist er ein guter Vater.«
»Hast du es ihm schon gesagt?«
»Hoffentlich kann man mit dem reden.«
»Ja, ich denke schon ...«
Und so gucken die Mädchen den Jungs weiter beim Spiel zu, während jede ihren eigenen Gedanken nachhängt.

»... die wollen doch nur das eine!«

mädchen über jungs

Was erwarten Mädchen von Jungen? Viele Jungs haben Vermutungen. Wir haben Mädchen und Frauen befragt, wie sie sich den »ideale Mann« vorstellen. Aus ihren Antworten ergab sich etwa folgendes Profil:

- Treu sein
- Freundlich sein
- Männlich sein
- Sie einladen/verwöhnen
- Romantisch sein
- Im Haushalt helfen und gemeinsam die Kinder erziehen

Gehen wir die Liste mal durch; was verbirgt sich hinter den gewünschten Eigenschaften?

Treu sein

Sie will die Einzige sein. Oft wollen Mädchen und Frauen wissen, wie es in den früheren Beziehungen des Jungen/Mannes war. In der Regel können sie selber nicht so viele Erfahrungen sammeln wie Jungen. Daher informieren sie sich auf diesem Weg. Viele Mädchen/Frauen glauben, sie könnten ihren Wunsch nach Treue erfüllen, indem sie herausfinden, wie sie sich sexuell verhalten sollten, um ihrem Partner so zu gefallen, dass er nicht fremdgeht.

Sich auf den anderen verlassen zu können, steht bei vielen Mädchen ganz oben.

Im Gegenzug haben nicht wenige Männer Angst vor dem Vergleich mit den Männern, die ihre Partnerin schon vor ihnen hatte. Vielleicht war er besser im Bett? Oder großzügiger in Geldsachen? Vielleicht hatte sie bei ihm einen Orgasmus?

Freundlich sein

Der Junge soll auch mal was mit ihren Freundinnen machen. Sie möchte, dass ihre Freundinnen gleichwertig zu seinen Freunden sind. Für die meisten Mädchen/Frauen ist es sehr wichtig, dass ihr Partner mit ihnen über die gemeinsame Beziehung spricht; und zwar nicht erst, wenn alle Alarmsirenen schrillen, sondern regelmäßig und auch gerade dann, wenn es einfach nur schön ist!

Es gibt immer noch Jungen und Männer, die ihre Freundin oder Frau als ihren *Besitz* betrachten. Das zeigt sich oft beim Thema Eifersucht.

Es ist legitim, dass es unterschiedliche Interessen gibt. Damit die aber die Partnerschaft nicht erdrücken, ist es sinnvoll, sich diese Interessen gegenseitig mitzuteilen und verständlich zu machen. Ab und an sollte man auch an den Interessen des Partners/der Partnerin teilnehmen. Nicht wenige Menschen führen bewusst oder unbewusst innerlich ein »Beziehungskonto«, auf dem sie ihre Investitionen in die Beziehung – emotional und materiell! – mit dem vergleichen, was sie im Gegenzug wiederbekommen. In einer guten Beziehung sind Soll und Haben meist ziemlich ausgeglichen (siehe Kapitel 3!).

Männlich sein

Er soll stark sein, emotional und körperlich. Viele Mädchen haben das Ideal eines »starken Beschützers«. Körperliche Schönheit ist für sie natürlich auch wichtig. Die meisten Jungs sind ziemlich überrascht, wenn sie hören, wohin die Mädchen als Erstes gucken, wenn sie die Optik eines Mannes beurteilen, nämlich auf den Po und in die Augen (in dieser Reihenfolge!). Was sie aber auf keinen Fall wollen, ist ein eingebildeter Schönling. Überhaupt, zu viel Schönheit ist auch wieder nicht unbedingt von Vorteil. Ein von uns befragtes Mädchen sagte: »Ein schöner Kerl ist schwer zu halten, ich muss viel dafür tun!«

Sie einladen/verwöhnen
Viele Mädchen wünschen sich einen Partner, der ihnen seine Wertschätzung und Liebe auch mit kleinen Geschenken und Einladungen zum Essen, mit Kino- oder Konzertkarten zeigt.

Romantisch sein
Das ist vielleicht der schwierigste Punkt. Eben, weil der Inhalt dieses Wunsches so schwierig zu beschreiben ist. Klar, jeder weiß so ungefähr, was sich dahinter verbirgt: einfach mal ohne besonderen Grund Blumen oder beim Sonnenuntergang irgendwoher eine Flasche Wein zaubern. Kurz, sie immer wieder aufs Neue zu überraschen. Aber wie macht man das? Vielleicht ist es ganz einfach: Die Sache hat schlicht mit Aufmerksamkeit zu tun. Wer seiner Freundin/Frau zuhören kann, stößt jeden Tag auf viele Kleinigkeiten, mit denen er ihr eine Freude bereiten kann.
Und schon diese Aufmerksamkeit im Alltag ist ein großes Geschenk!

Im Haushalt helfen, gemeinsam die Kinder erziehen
Klar, Liebe ist toll. Schmetterlinge im Bauch und Schweben auf Wolke sieben. Aber auf die Dauer holt jedes Paar der Alltag ein. Mädchen erleben oft den Alltag ihrer Mütter als Doppelbelastung mit Beruf und Familie. Sie stehen diesem Frauenbild kritisch gegenüber und fordern von den Männern größere Anteilnahme. Sie erwarten, dass er seinen Anteil an der Hausarbeit übernimmt und auch nach den Kindern guckt. Viele Männer, die sich auf diese Weise am Familienleben beteiligen, beschreiben sich selbst übrigens als glücklich und ausgeglichen.

Das sind die meist genannten Wünsche der von uns befragten Frauen und Mädchen an einen Partner. Nicht alles ist im Alltag erfüllbar. Schon gar nicht dauernd. Welche Wünsche du in einer Beziehung erfüllen kannst und willst, musst du selbst entscheiden. Wichtig ist bei alldem, auf die eigenen Gefühle zu hören und diese seiner Freundin mitzuteilen; dann ist die Chance groß, verstanden zu werden, und es gibt vielleicht weniger Missverständnisse.

Vielleicht ist eine Partnerschaft wie ein Vogel. Der braucht auch zwei Flügel, zwei gleich starke Flügel, die miteinander und nicht gegeneinander arbeiten, um fliegen zu können.

TOUCHÉ by ©TOM
ABER WARUM KANNST DU JUNGS DENN NICHT LEIDEN?
6...7...8...9...
SIE KOMMEN IMMER VIEL ZU FRÜH!!
!
11-12-19-20!
ICH KOMME!!
©TOM

beratung

Was ist Beratung?

Beratungsstellen, auch »Psychosoziale Einrichtungen« genannt, führen Beratungen zu Lebensfragen im Allgemeinen und zu speziellen Themen durch (z.B. Drogen, Schulden, Schwangerschaft, Gewalt, Erziehungs- und Familienberatung).

Dort arbeiten Frauen und Männer, die einen Abschluss in Sozialarbeit, Psychologie oder Pädagogik besitzen und sich professionell mit deinen Problemen auseinander setzen.

Es gibt auch spezielle Jugendberatungsstellen. Die Gespräche dort sind für Jugendliche kostenlos, wie übrigens für alle, die über kein eigenes Einkommen verfügen!

Die Gespräche sind außerdem anonym, d.h. dein Name taucht nirgends auf. Die Mitarbeiterinnen und Mitarbeiter sind zum Schweigen verpflichtet. Sie werden weder deinen Eltern, Lehrern, dem Arbeitgeber noch der Polizei irgendetwas erzählen.

Es werden keine Lösungen präsentiert oder Ratschläge erteilt. Du erhältst die Möglichkeit, deine Situation zu schildern. Oft ist das schon ein großer Schritt nach vorne, weil sich das Problem dadurch plötzlich in neuem Licht darstellt oder einfach nur präziser beschrieben werden kann. Sollte die von dir aufgesuchte Beratungsstelle vielleicht nicht die optimale Hilfe anbieten können – manchmal stellt sich das erst nach ein oder zwei Gesprächen heraus –, wird man dich an eine entsprechend geeignete Einrichtung weiterleiten.

Du kannst in den Beratungsgesprächen alle, wirklich *alle* Fragen stellen. Wie lange Beratungsgespräche dauern, hängt von dir ab. Am Anfang gibt es einen so genannten »Beratungsvertrag«, eine mündliche Abmachung, worüber geredet bzw. was geklärt werden wird. Das ist keine Einschränkung, sondern eine Hilfe, die dir ermöglichen soll, die Fortschritte einer Beratung zu erkennen.

Wie finde ich Beratungsstellen?

Beratungsstellen in der Nähe findet man im Telefonbuch oder in den »Gelben Seiten«. Sie sind nach Stichworten aufgelistet. Hier eine Auswahl:

- AIDS-Beratung
- AIDS-Hilfe
- Ausländerberatung
- Behindertenberatung
- Drogen- und Suchtberatung
- Erziehungs- und Familienberatung
- Frauenberatung
- Gesundheitsämter
- Jugendämter
- Kinder und Jugend
- Notruf
- Schwangerschaft
- Stadtverwaltung

Eine einfache Möglichkeit ist die Telefonberatung. Hier gibt es spezielle Angebote für Jugendliche, die ebenfalls anonym sind.

Deutschland
Die Nummer gegen Kummer: 0800/111 0 333
Mo. bis Fr. 15-19 Uhr (kostenlos)

Österreich
Kummernummer für Kinder und Jugendliche:
02622/66 661
Anonyme Beratung 24 Stunden am Tag

Schweiz
Telefonhilfe für Kinder und Jugendliche: 147
Sieben Tage in der Woche, rund um die Uhr (Anruf einmalig 20 Rp., Gespräch unabhängig von der Dauer kostenlos)

lesetipps

Wer weiterlesen will, dem empfehlen wir folgende Bücher:

- Zum Thema Sexualität und körperliche Veränderungen

Braun, J./Kunz, D.: *Weil wir Jungen sind. Körper, Sexualität und Lust.* Hamburg 1998

- Zum Thema sexuelle Orientierung

Braun J./Martin, B.: *Gemischte Gefühle. Ein Lesebuch zur sexuellen Orientierung.* Hamburg 2000

- Zum Thema Homosexualität

Braun, J.: *»Ich will keine Schokolade ...« Das Coming-out-Buch für Schwule.* Hamburg 2001

- Zum Thema Jugendliche und ihre Rechte

Baumgartner, E.: *Check it out! Deine Rechte als Jugendlicher.* München 2000

- Zum Thema Gewalt

Krefft, S.: *Austeilen oder einstecken? Wie man mit Gewalt auch anders umgehen kann.* München 2002

- Zum Thema Selbstbewusstsein

Palmer, P./Alberti Froehner, M.: (Ratgeber für Jugendliche über Selbstvertrauen, Kösel-Verlag, München 2002)

- Zum Thema Drogen

Rhan, U./Rhan, L.: *Lieber high als stinknormal? Ein Buch über Drogen.* München 2001

- Zum Thema Alkohol

Doubek, K.: *Ich bin doch keine Flasche! Wenn Jugendliche zu viel trinken.* München 1999

internetadressen

www.loveline.de

www.sextra.de

www.bravo.de (Rubrik: Chat von Dr. Sommer)

www.r-u-gay.de

www.sorgenchat.de

www.raa.de (Förderung von Kindern und Jugendlichen aus Zuwandererfamilien)

www.kidsmobbing.de (Unterstützung bei Mobbing)

www.schueler-notruf.de

www.kids-forum.org

Unter www.beratungsguide.net finden sich viele weitere Beratungsangebote im Internet.

danksagung

Dieses Buch wäre ohne die sachkundige Beratung vieler Frauen und Männer nicht möglich gewesen. Für ihre Bereitschaft, ihr Wissen mit uns zu teilen, möchten wir uns herzlich bedanken bei:

Nursen Aktas
Joachim Braun
Irene Friedländer
Frank Tolle
Petra Winkler
Lucyna Wronska.

Besonderer Dank geht an Matthias Amsler und Florence Forrer.
Besonderen Dank auch an unsere Lektorin Heike Mayer.

Und natürlich – last but not least! – an die Jungen und Mädchen, die in vielfältiger Weise an diesem Buch mitgewirkt haben, und besonders an: Toni und Jan Wronski.

Danke!

Lust bekommen auf weitere Themen?

Christian Gröll/David Sehrbrock
Clever durch die Schule
Managementstrategien für bessere Noten
ISBN 3-466-30508-X

Ekkehart Baumgartner
Schule geschafft – und dann?
Job? Ausbildung? Studium?
Beruf?
ISBN 3-466-30536-5

Kathrin Seyfahrt
SuperSchlank!?
Zwischen Traumfigur und
Essstörungen
ISBN 3-466-30531-4

Kathrin Seyfahrt
Mitmischen
statt Rumhängen
Warum soziales Engagement
Spaß macht
und sich lohnt
ISBN 3-466-30566-7

Ulla Rhan/Lina Rhan
Lieber high als stinknormal?
Ein Buch über Drogen
ISBN 3-466-30563-2